U0088366

交通　餐廳　聊天

問路　追星　觀光

バックパッカーが学ぶべき日本語

背包客基本要會的
日本便利句

交通　餐廳　聊天

問路　追星　觀光

50音基本發音表

清音

a ㄚ	i ㄧ	u ㄨ	e ㄝ	o ㄛ
あ ア	い イ	う ウ	え エ	お オ
ka ㄎㄚ	ki ㄎㄧ	ku ㄎㄨ	ke ㄎㄝ	ko ㄎㄛ
か カ	き キ	く ク	け ケ	こ コ
sa ㄙㄚ	shi ㄒㄧ	su ㄙㄨ	se ㄙㄝ	so ㄙㄛ
さ サ	し シ	す ス	せ セ	そ ソ
ta ㄊㄚ	chi ㄑㄧ	tsu ㄘ	te ㄊㄝ	to ㄊㄛ
た タ	ち チ	つ ツ	て テ	と ト
na ㄋㄚ	ni ㄋㄧ	nu ㄋㄨ	ne ㄋㄝ	no ㄋㄛ
な ナ	に ニ	ぬ ヌ	ね ネ	の ノ
ha ㄏㄚ	hi ㄏㄧ	fu ㄈㄨ	he ㄏㄝ	ho ㄏㄛ
は ハ	ひ ヒ	ふ フ	へ ヘ	ほ ホ
ma ㄇㄚ	mi ㄇㄧ	mu ㄇㄨ	me ㄇㄝ	mo ㄇㄛ
ま マ	み ミ	む ム	め メ	も モ
ya ㄧㄚ		yu ㄧㄩ		yo ㄧㄛ
や ヤ		ゆ ユ		よ ヨ
ra ㄌㄚ	ri ㄌㄧ	ru ㄌㄨ	re ㄌㄝ	ro ㄌㄛ
ら ラ	り リ	る ル	れ レ	ろ ロ
wa ㄨㄚ		o ㄡ		n ㄥ
わ ワ		を ヲ		ん ン

濁音

ga ㄍㄚ	gi ㄍㄧ	gu ㄍㄨ	ge ㄍㄝ	go ㄍㄡ
が ガ	ぎ ギ	ぐ グ	げ ゲ	ご ゴ
za ㄗㄚ	ji ㄐㄧ	zu ㄗ	ze ㄗㄝ	zo ㄗㄡ
ざ ザ	じ ジ	ず ズ	ぜ ゼ	ぞ ゾ
da ㄉㄚ	ji ㄐㄧ	zu ㄗ	de ㄉㄝ	do ㄉㄡ
だ ダ	ぢ ヂ	づ ヅ	で デ	ど ド
ba ㄅㄚ	bi ㄅㄧ	bu ㄅㄨ	be ㄅㄟ	bo ㄅㄡ
ば バ	び ビ	ぶ ブ	べ ベ	ぼ ボ
pa ㄆㄚ	pi ㄆㄧ	pu ㄆㄨ	pe ㄆㄝ	po ㄆㄡ
ぱ パ	ぴ ピ	ぷ プ	ぺ ペ	ぽ ポ

拗音　　　● track 004

kya ㄎㄧㄚ		kyu ㄎㄧㄩ		kyo ㄎㄧㄡ	
きゃ	キャ	きゅ	キュ	きょ	キョ
sha ㄒㄧㄚ		shu ㄒㄧㄩ		sho ㄒㄧㄡ	
しゃ	シャ	しゅ	シュ	しょ	ショ
cha ㄑㄧㄚ		chu ㄑㄧㄩ		cho ㄑㄧㄡ	
ちゃ	チャ	ちゅ	チュ	ちょ	チョ
nya ㄋㄧㄚ		nyu ㄋㄧㄩ		nyo ㄋㄧㄡ	
にゃ	ニャ	にゅ	ニュ	にょ	ニョ
hya ㄏㄧㄚ		hyu ㄏㄧㄩ		hyo ㄏㄧㄡ	
ひゃ	ヒャ	ひゅ	ヒュ	ひょ	ヒョ
mya ㄇㄧㄚ		myu ㄇㄧㄩ		myo ㄇㄧㄡ	
みゃ	ミャ	みゅ	ミュ	みょ	ミョ
rya ㄌㄧㄚ		ryu ㄌㄧㄩ		ryo ㄌㄧㄡ	
りゃ	リャ	りゅ	リュ	りょ	リョ

gya ㄍㄧㄚ		gyu ㄍㄧㄩ		gyo ㄍㄧㄡ	
ぎゃ	ギャ	ぎゅ	ギュ	ぎょ	ギョ
ja ㄐㄧㄚ		ju ㄐㄧㄩ		jo ㄐㄧㄡ	
じゃ	ジャ	じゅ	ジュ	じょ	ジョ
ja ㄐㄧㄚ		ju ㄐㄧㄩ		jo ㄐㄧㄡ	
ぢゃ	ヂャ	づゅ	ヂュ	ぢょ	ヂョ
bya ㄅㄧㄚ		byu ㄅㄧㄩ		byo ㄅㄧㄡ	
びゃ	ビャ	びゅ	ビュ	びょ	ビョ
pya ㄆㄧㄚ		pyu ㄆㄧㄩ		pyo ㄆㄧㄡ	
ぴゃ	ピャ	ぴゅ	ピュ	ぴょ	ピョ

● | 平假名 | 片假名 |

1 基本用語篇

2 交通篇

〜<ruby>枚<rt>まい</rt></ruby>ください。

この<ruby>切符<rt>きっぷ</rt></ruby>はキャンセルできますか？

いつ<ruby>発車<rt>はっしゃ</rt></ruby>しますか？

どのくらいで<ruby>着<rt>つ</rt></ruby>きますか？

すみませんが、ここは<ruby>私<rt>わたし</rt></ruby>の<ruby>席<rt>せき</rt></ruby>です。

どの<ruby>駅<rt>えき</rt></ruby>で<ruby>乗<rt>の</rt></ruby>り<ruby>換<rt>か</rt></ruby>えればいいですか？

<ruby>列車<rt>れっしゃ</rt></ruby>に<ruby>忘<rt>わす</rt></ruby>れ<ruby>物<rt>もの</rt></ruby>をしちゃったんです。

まだ<ruby>間<rt>ま</rt></ruby>に<ruby>合<rt>あ</rt></ruby>いますか？

3 住宿篇

ダブルルームはありますか？

請問有雙人房嗎？..110

シングルルームが二部屋が空いていますか？

請問有兩間空的單人房嗎？.....................112

一泊いくらですか？

住一晚多少錢？..114

この部屋にします。

我要這個房間。..116

部屋を予約したいんですが。

我想要預約房間。..118

私の部屋は何号室ですか？

我的房間是幾號？..120

チェックインしたいんですが。

我想要 check in。..122

ワイファイは使えますか？

4 購物篇

ほかの色がありますか？

ちょっと高いです。

もう少し安いのはありませんか？

少し安くしてもらえませんか？

予算を超えてしまいました。

〜をください。

〜にします。

〜を買います。

やめます。

5 用餐篇

ご飯のおかわりできますか？

お皿をもう一枚ください。

お会計をお願いします。

予約したいんですが。

どのくらい待ちますか？

6 看病篇

どうしたんですか？

〜が痛いです。

風邪を引いたみたいです。

血液検査をします。

抽血檢查。 278

体温を測ります。

量體溫。 280

熱があります。

發燒。 282

この薬の飲み方は？

這個藥的服用發法是？ 284

どのくらいでよくなりますか？

多久會好？ 286

ゆっくり休んでください。

請好好休息。 288

救急車を呼んでいただけませんか？

可以幫我叫救護車嗎？ 290

手術が必要ですか？

需要動手術嗎？ 292

いつ退院できますか？

7 綜合狀況篇

これは何<ruby>何<rt>なん</rt></ruby>ですか？

トイレはどこですか？

<ruby>台湾<rt>たいわんげん</rt></ruby>元を<ruby>日本円<rt>にほんえん</rt></ruby>に<ruby>両替<rt>りょうがえ</rt></ruby>してください。

<ruby>写真<rt>しゃしん</rt></ruby>を<ruby>撮<rt>と</rt></ruby>ってもらえませんか？

ここは<ruby>写真<rt>しゃしん</rt></ruby>が<ruby>取<rt>と</rt></ruby>れますか？

<ruby>私<rt>わたし</rt></ruby>の〜がなくなりました。

<ruby>道<rt>みち</rt></ruby>に<ruby>迷<rt>まよ</rt></ruby>ってしまいました。

ここは地図のどこですか？

ここの名物は何ですか？

基本 要會的
日 語 便利句

CHAPTER.01

基本用語篇

私 は～です。
わたし

wa.ta.shi.wa./de.su.

我叫做～。

說明

對第一次見面的他人用來做自我介紹、表明自己身分的用語。而「申します」為更禮貌用法。

實用會話

A：すみませんが、お名前は？
なまえ
su.mi.ma.se.n.ga./o.na.ma.e.wa.

不好意思，請問你是？

B：私 は林です。
わたし りん
wa.ta.shi.wa.ri.n.de.su.

我姓林。

實用會話

A：お名前は？
なまえ
o.na.ma.e.wa.

請問你是？

B：私 は楊と申します。
わたし よう もう
wa.ta.shi.wa.yo.u.to.mo.u.shi.ma.su.

敝姓楊。

相關句型

私 の名前は周佳佳です。
わたし なまえ しゅうかか

wa.ta.shi.no.na.ma.e.wa.shu.u.ka.ka.de.su.

我的名字叫做周佳佳。

<ruby>彼<rt>かれ</rt></ruby>は<ruby>王<rt>おう</rt></ruby>さんです。

ka.re.wa.o.u.sa.n.de.su.

他是王先生。

台灣常見姓氏

<ruby>陳<rt>ちん</rt></ruby>

chi.n.

陳

<ruby>張<rt>ちょう</rt></ruby>

cho.u.

張

<ruby>王<rt>おう</rt></ruby>

o.u.

王

<ruby>黃<rt>こう</rt></ruby>

ko.u.

黃

<ruby>李<rt>り</rt></ruby>

ri.

李

<ruby>蔡<rt>さい</rt></ruby>

sa.i.

蔡

はい／いいえ

ha.i./i.i.e.

是／不是

說明

是日文對話裡對於他人的問題的最基本回答句型。

實用會話

A：これはあなたの荷物ですか？

ko.re.wa.a.na.ta.no.ni.mo.tsu.de.su.ka.

這是你的行李嗎？

B：はい、これは 私 の荷物です。

ha.i./ko.re.wa.wa.ta.shi.no.ni.mo.tsu.de.su.

是的，這是我的行李。

實用會話

A：あなたは日本人ですか？

a.na.ta.wa.ni.ho.n.ji.n.de.su.ka.

你是日本人嗎？

B：いいえ、 私 は日本人ではありません。

i.i.e./wa.ta.shi.wa.ni.ho.n.ji.n.de.wa.a.ri.ma.se.n.

不，我不是日本人。

相關句型

はい、そうです。

ha.i./so.u.de.su.

是，沒錯。

いいえ、違います。
i.i.e./chi.ga.i.ma.su.
不，不是的。

（相關單字）
正しい
ta.da.shi.i.
正確

違う
chi.ga.u.
錯誤

質問
shi.tsu.mo.n.
問題

答え
ko.ta.e.
回答

返事
he.n.ji.
回應

私 は～から来ました。

wa.ta.shi.wa./ka.ra.ki.ma.shi.ta.

我從～來的。

說明

　　用來他人説明自己是從哪裡來的時候，就可以用此句型來表示。

實用會話

Ａ：どこから来ましたか？
do.ko.ka.ra.ki.ma.shi.ta.ka.
請問從哪裡來的？

Ｂ：私 は台湾から来ました。
wa.ta.shi.wa.ta.i.wa.n.ka.ra.ki.ma.shi.ta.
我從台灣來的。

Ａ：そうですか。
so.u.de.su.ka.
這樣啊。

實用會話

Ａ：あなたは韓国から来ましたか？
a.na.ta.wa.ka.n.ko.ku.ka.ra.ki.ma.shi.ta.ka.
你從韓國來的嗎？

Ｂ：いいえ、私 は台湾から来ました。
i.i.e./wa.ta.shi.wa.ta.i.wa.n.ka.ra.ki.ma.shi.ta.
不是，我是從台灣來的。

私 は台湾の出身です。
wa.ta.shi.wa.ta.i.wa.n.no.shu.sshi.n.de.su.

我是台灣出身的。

私 は台湾人です。
wa.ta.shi.wa.ta.i.wa.n.ji.n.de.su.

我是台灣人。

相關單字

アメリカ
a.me.ri.ka.

美國

フランス
fu.ra.n.su.

法國

イギリス
i.gi.ri.su.

英國

中 国
chu.u.go.ku.

中國

タイ
ta.i.

泰國

ベトナム
be.to.na.mu.

越南

はじめまして。

ha.ji.me.ma.shi.te.

初次見面您好。

說明

用來對第一次見面的人所說的禮貌用語。

實用會話

A：はじめまして、中村です。どうぞよろしくお願いします。

ha.ji.me.ma.shi.te./na.ka.mu.ra.de.su./do.u.zo.yo.ro.shi.
ku.o.ne.ga.i.shi.ma.su.

初次見面您好，我叫中村。請多多指教。

B：はじめまして、李です。こちらこそ、どうぞよろしくお願いします。

ha.ji.me.ma.shi.te./ri.de.su./ko.chi.ra.ko.so./do.u.zo.
yo.ro.shi.ku.o.ne.ga.i.shi.ma.su.

初次見面您好，我姓李。我才請您多多指教。

相關句型

はじめまして、台湾から来ました林小香です。どうぞよろしくお願いします。

ha.ji.me.ma.shi.te./ta.i.wa.n.ka.ra.ki.ma.shi.ta.ri.n.sho.
u.ka.de.su./do.u.zo.yo.ro.shi.ku.o.ne.ga.i.shi.ma.su.

初次見面您好，我是從台灣來林小香。請您多多指教。

おはよう
o.ha.yo.u.
早安

こんにちは
ko.n.ni.chi.wa.
午安

こんばんは
ko.n.ba.n.wa.
晚安

おやすみ
o.ya.su.mi.
晚安（睡前用）

すみません
su.mi.ma.se.n.

不好意思、對不起

說明

　　表示不好意思或對不起之意，用於對他人致歉時。而在想詢問他人某事的時候，也可以加在問句前以表示禮貌。

實用會話

A：あのう、すみません…
a.no.u./su.mi.ma.se.n.
那個，不好意思…

B：はい？
ha.i.
嗯？

A：上野駅はどこですか？
u.e.no.e.ki.wa.do.ko.de.su.ka.
請問上野車站在哪裡？

B：あちらですよ。
a.chi.ra.de.su.yo.
在那邊唷。

A：ありがとうございました。
a.ri.ga.to.u.go.za.i.ma.shi.ta.
謝謝您。

本当にすみませんでした。

ho.u.to.u.ni.su.mi.ma.se.n.de.shi.ta.

真的是非常對不起。

迷惑をかけてすみません。

me.i.wa.ku.o.ka.ke.te.su.mi.ma.se.n.

造成困擾不好意思。

申し訳ありません。

mo.u.shi.wa.ke.a.ri.ma.se.n.

真的非常抱歉。

ごめんなさい。

go.me.n.na.sa.i.

不好意思。

ごめん。

go.me.n.

抱歉。

私 は～歳です。

wa.ta.shi.wa./sa.i.de.su.

我～幾歲。

說明

　　向他人自我介紹的基本句型之一，用來表示自己的年紀。

實用會話

A：おいくつですか？
o.i.ku.tsu.de.su.ka.
請問貴庚？

B：私は二十歳です。
wa.ta.shi.wa.ha.ta.chi.de.su.
我二十歲。

實用會話

A：あなたは何歳ですか？
a.na.ta.wa.na.n.sa.i.de.su.ka.
你幾歲呢？

B：二十五歳です。
ni.ju.u.go.sa.i.de.su.
二十五歲。

相關句型

今何歳ですか？

i.ma.na.n.sa.i.de.su.ka.

現在幾歲？

<ruby>お誕生日<rt>たんじょうび</rt></ruby>はいつですか？

o.ta.n.jo.u.bi.wa.i.tsu.de.su.ka.

生日是甚麼時候？

(相關單字)

<ruby>年齢<rt>ねんれい</rt></ruby>
ne.n.re.i.

年齡

<ruby>誕生日<rt>たんじょうび</rt></ruby>
ta.n.jo.u.bi.

生日

<ruby>子供<rt>こども</rt></ruby>
ko.do.mo.

小孩

<ruby>成年<rt>せいねん</rt></ruby>
se.i.ne.n.

成年

<ruby>お年寄り<rt>としよ</rt></ruby>
o.to.shi.yo.ri.

老年人

<ruby>若者<rt>わかもの</rt></ruby>
wa.ka.mo.no.

年輕人

ご家族は何人ですか？

go.ka.zo.ku.wa.na.n.ni.n.de.su.ka.

你們家有幾個人？

說明

日文裡「家族」是指家人，而「何人」就是幾個人的意思。

實用會話

A：ご家族は何人ですか？
go.ka.zo.ku.wa.na.n.ni.n.de.su.ka.

你們家有幾個人？

B：六人です。父と母と兄と姉二人と私です。
ro.ku.ni.n.de.su./chi.chi.to.ha.ha.to.a.ni.to.a.ne.fu.ta.ri.to.

wa.ta.shi.de.su.

有六個人。爸爸、媽媽、哥哥、兩個姐姐和我。

A：そうですか。
so.u.de.su.ka.

原來如此。

相關句型

兄弟は何人いますか？
kyo.u.da.i.wa.na.n.ni.n.i.ma.su.ka.

你有幾個兄弟姊妹。

三人です。

sa.n.ni.n.de.su.

三個（加自己）。

お父さん
<ruby>とう<rt></rt></ruby>

o.to.u.sa.n.

父親

お母さん

o.ka.a.sa.n.

母親

お兄さん

o.ni.i.sa.n.

哥哥

お姉さん

o.ne.e.sa.n.

姊姊

弟

o.to.u.to.

弟弟

妹

i.mo.u.to.

妹妹

私 はもう結婚しました。
わたし　　　　　けっこん

wa.ta.shi.wa.mo.u.ke.kko.n.shi.

ma.shi.ta.

我已經結婚了。

說明

　　「結婚しました」是「結婚する」的過去式，表示已經結婚的意思。

實用會話

A：あなたは独身ですか？
どくしん
a.na.ta.wa.do.ku.shi.n.de.su.ka.
你單身嗎？

B：いいえ、私はもう結婚しました。子供
わたし　　　　けっこん　　　　　　こども
が一人います。
ひとり
i.i.e./wa.ta.shi.wa.mo.u.ke.kko.n.shi.ma.shi.ta./ko.do.
mo.ga.hi.to.ri.i.ma.su.
不，我已經結婚了。有一個小孩。

A：そうですか。
so.u.de.su.ka.
原來如此。

相關句型

彼氏がいます。
かれし
ka.re.shi.ga.i.ma.su.

我有男朋友。

彼女^{かのじょ}がいません。

ka.no.jo.ga.i.ma.se.n.

我沒有女朋友。

独身^{どくしん}

do.ku.shi.n.

單身

彼氏^{かれし}

ka.re.shi.

男朋友

彼女^{かのじょ}

ka.no.jo.

女朋友

恋人^{こいびと}

ko.i.bi.to.

情人

夫^{おっと}

o.tto.

丈夫

妻^{つま}

tsu.ma.

太太

～が好きです。
す

ga.su.ki.de.su.

喜歡～。

說明

　　表示喜歡甚麼的基本句型，若要表示討厭～時就則用「～が嫌いです。」

實用會話

A：あなたは日本料理で何が好きですか？
　　　　　　　にほんりょうり　なに　す

a.na.ta.wa.ni.ho.n.ryo.u.ri.de.na.ni.ga.su.ki.de.su.ka.

日本料理中你喜歡甚麼？

B：寿司が好きです。あなたは？
　　す し　　す

su.shi.ga.su.ki.de.su./a.na.ta.wa.

我喜歡壽司，你呢？

A：私 はうどんが好きです。
　　わたし　　　　　　す

wa.ta.shi.wa.u.do.n.ga.su.ki.de.su.

我喜歡烏龍麵。

B：なるほど。

na.ru.ho.do.

原來如此。

相關句型

どれが好きですか？
　　　す

do.re.ga.su.ki.de.su.ka.

你喜歡哪一個？

これが好きです。
ko.re.ga.su.ki.de.su.
我喜歡這個。

嫌い
ki.ra.i.
討厭

好み
ko.no.mi.
喜好

お気に入り
o.ki.ni.i.ri.
中意的

好き嫌い
su.ki.ki.ra.i.
好惡

趣味
shu.mi.
興趣

趣味は〜です。
しゅみ

shu.mi.wa./de.su.

興趣是〜。

【說明】

　　日文的「趣味」是指興趣的意思，而「興味」則是對甚麼有興致的意思。

【實用會話】

A：あなたの趣味は何ですか？
しゅみ　なん

a.na.ta.no.shu.mi.wa.na.n.de.su.ka.

你的興趣是甚麼？

B：水泳です。あなたは？
すいえい

su.i.e.i.de.su./a.na.ta.wa.

游泳，你呢？

A：バスケットボールです。
ba.su.ke.tto.bo.o.ru.de.su.

打籃球。

B：そうですか。
so.u.de.su.ka.

這樣啊。

【相關句型】

歌を歌うことが好きです。
うた　うた　す

u.ta.o.u.ta.u.ko.to.ga.su.ki.de.su.

喜歡唱歌。

料理が上手です。
ryo.u.ri.ga.jo.u.zu.de.su.
很會做菜。

相關單字

得意
to.ku.i.
得意、拿手

苦手
ni.ga.te.
不擅長

興味
kyo.u.mi.
興致

スポーツ
su.po.o.tsu.
運動

旅行
ryo.ko.u.
旅行

読書
do.ku.sho.
讀書

～ことはありません。

ko.to.wa.a.ri.ma.se.n.

沒有～過。

說明

　　句型前加上動詞的た形變化，就可以表示沒有～過的意思。

實用會話

A：日本料理を食べたことがありますか？
ni.ho.n.ryo.u.ri.o.ta.be.ta.ko.to.ga.a.ri.ma.su.ka.
有吃過日本料理嗎？

B：いいえ、食べたことはないです。
i.i.e./ta.be.ta.ko.to.wa.na.i.de.su.
不，我沒有吃過。

實用會話

A：日本に来たことがありますか？
ni.ho.n.ni.ki.ta.ko.to.ga.a.ri.ma.su.ka.
有來過日本嗎？

B：はい、あります。
ha.i./a.ri.ma.su.
恩，有來過。

相關句型

今回初めて食べました。

ko.n.ka.i.ha.ji.me.te.ta.be.ma.shi.ta.

這次是第一次吃。

<ruby>今<rt>いま</rt></ruby>まで<ruby>何度<rt>なんど</rt></ruby>も<ruby>食<rt>た</rt></ruby>べました。

i.ma.ma.de.na.n.do.mo.ta.be.ma.shi.ta.

到目前為止吃過好多次了。

相關單字

<ruby>経験<rt>けいけん</rt></ruby>

ke.i.ke.n.

經驗

ある

a.ru.

有

ない

na.i.

沒有

よく

yo.ku.

常常

<ruby>時々<rt>ときどき</rt></ruby>

to.ki.do.ki.

有時

<ruby>一度<rt>いちど</rt></ruby>

i.chi.do.

一次

あります。

a.ri.ma.su.

有。

說明

日文中的「ある」是指事、物的「有、存在」的意思。

實用會話

A：この町の地図はありますか？

ko.no.ma.chi.no.chi.zu.wa.a.ri.ma.su.ka.

有這個城鎮的地圖嗎？

B：いいえ、ありません。

i.i.e./a.ri.ma.se.n.

不，沒有。

實用會話

A：明日、時間がありますか？

a.shi.ta./ji.ka.n.ga.a.ri.ma.su.ka.

明天有時間嗎？

B：はい、あります。

ha.i./a.ri.ma.su.

有的。

相關句型

荷物があります。

ni.mo.tsu.ga.a.ri.ma.su.

有行李。

あそこにコンビニがあります。
a.so.ko.ni.ko.n.bi.ni.ga.a.ri.ma.su.
那邊有便利商店。

相關單字

お金
かね
o.ka.ne.
金錢

パスポート
pa.su.po.o.to.
護照

レストラン
re.su.to.ra.n.
餐廳

郵便局
ゆうびんきょく
yu.u.bi.n.kyo.ku.
郵局

ホテル
ho.te.ru.
飯店

交番
こうばん
ko.u.ba.n.
警察局

います。

i.ma.su.

有

說明

日文中的「いる」是指人、動物及生命等的「有、存在」的意思。

實用會話

A：駅員はどこにいますか？

e.ki.i.n.wa.do.ko.ni.i.ma.su.ka.

站務員在哪裡呢？

B：あそこにいますよ。

a.so.ko.ni.i.ma.su.yo.

在那裡喔。

實用會話

A：彼氏がいますか？

ka.re.shi.ga.i.ma.su.ka.

你有男朋友嗎？

B：はい、います。

ha.i./i.ma.su.

有的。

相關句型

誰かがいますか？

da.re.ka.ga.i.ma.su.ka.

有誰在嗎？

<ruby>一<rt>ひと</rt></ruby>人もいません。

hi.to.ri.mo.i.ma.se.n.

一個人也沒有。

相關單字

<ruby>友達<rt>ともだち</rt></ruby>

to.mo.da.chi.

朋友

<ruby>知<rt>し</rt></ruby>り<ruby>合<rt>あ</rt></ruby>い

shi.ri.a.i.

熟人、認識的人

<ruby>警察<rt>けいさつ</rt></ruby>

ke.i.sa.tsu.

警察

<ruby>動物<rt>どうぶつ</rt></ruby>

do.u.bu.tsu.

動物

<ruby>犬<rt>いぬ</rt></ruby>

i.nu.

狗

<ruby>猫<rt>ねこ</rt></ruby>

ne.ko.

貓

行きます。

i.ki.ma.su.

去。

説明

　　日文中的格助詞「へ」是表示動作移動的的方向，是往、朝的意思。而「に」則是動作目的地、場所。

實用會話

A：どこへ行きますか？
do.ko.e.i.ki.ma.su.ka.
你要去哪裡呢？

B：名古屋へ行きます。
na.go.ya.e.i.ki.ma.su.
去名古屋。

實用會話

A：今日はどこに行きましたか？
kyo.u.wa.do.ko.ni.i.ki.ma.shi.ta.ka.
你今天去哪裡了？

B：郵便局に行きました。
yu.u.bi.n.kyo.ku.ni.i.ki.ma.shi.ta.
去了郵局。

相關句型

北海道へ行きたいです。

ho.kka.i.do.u.e.i.ki.ta.i.de.su.

想要去北海道。

<ruby>青<rt>あお</rt></ruby><ruby>森<rt>もり</rt></ruby>へ<ruby>行<rt>い</rt></ruby>ったことがあります。

a.o.mo.ri.e.i.tta.ko.to.ga.a.ri.ma.su.

有去過青森。

<ruby>方向<rt>ほうこう</rt></ruby>

ho.u.ko.u.

方向

<ruby>北<rt>きた</rt></ruby>

ki.ta.

北

<ruby>南<rt>みなみ</rt></ruby>

mi.na.mi.

南

<ruby>西<rt>にし</rt></ruby>

ni.shi.

西

<ruby>東<rt>ひがし</rt></ruby>

hi.ga.shi.

東

<ruby>進<rt>すす</rt></ruby>む

su.su.mu.

前進

来ます。
ki.ma.su.

來。

說明

日文「来る」有來、來臨、發生等等的意思。

實用會話

A：何で来ましたか？
na.n.de.ki.ma.shi.ta.ka.
你怎麼來的？

B：電車で来ました。
de.n.sha.de.ki.ma.shi.ta.
搭電車來的。

A：遠いですか？
to.o.i.de.su.ka.
很遠嗎？

B：ちょっと遠かったです。
cho.tto.to.o.ka.tta.de.su.
有一點遠。

相關句型

初めて来ました。
ha.ji.me.te.ki.ma.shi.ta.
第一次來。

また来ました。

ma.ta.ki.ma.shi.ta.

又來了一次。

おうふく
往復
o.u.fu.ku.
來回

ルート
ru.u.to.
路線

こうつう
交通
ko.u.tsu.u.
交通

きょり
距離
kyo.ri.
距離

ちか
近い
chi.ka.i.
近的

とお
遠い
to.o.i.
遠的

帰ります。

ka.e.ri.ma.su.

回去。

說明

「帰る」是有回來、回去的意思。

實用會話

A：いつ帰りますか？

i.tsu.ka.e.ri.ma.su.ka.

甚麼時候要回去？

B：あさって帰ります。

a.sa.tte.ka.e.ri.ma.su.

後天回去。

實用會話

A：何時ごろ帰りますか？

na.n.ji.go.ro.ka.e.ri.ma.su.ka.

大約幾點回去呢？

B：十時ごろ帰ります。

ju.u.ji.go.ro.ka.e.ri.ma.su.

十點左右回去。

相關句型

家に帰ります。

i.e.ni.ka.e.ri.ma.su.

回家。

早く帰りたいです。
ha.ya.ku.ka.e.ri.ta.i.de.su.
想要早點回去。

(相關單字)

後で
a.to.de.
等下

すぐ
su.gu.
馬上

ホテル
ho.te.ru.
飯店

寮
ryo.u.
宿舍

帰国
ki.ko.ku.
回國

また明日。
あした

ma.ta.a.shi.ta.

明天見。

說明

日文中的「また」是有再、又、還等等的意思。

實用會話

A：もう帰るんですか？
かえ

mo.u.ka.e.ru.n.de.su.ka.

已經要回去了嗎？

B：はい、後で用事がありますから。
あと　　ようじ

ha.i./a.to.de.yo.u.ji.ga.a.ri.ma.su.ka.ra.

是的，因為等下有事情。

A：じゃあ、また明日。
あした

ja.a./ma.ta.a.shi.ta.

那麼明天見。

B：はい、また明日。
あした

ha.i./ma.ta.a.shi.ta.

好的，明天見。

相關句型

また会いましょう。
あ

ma.ta.a.i.ma.sho.u.

下次再見喔。

また来年。
らいねん

ma.ta.ra.i.ne.n.
明年見。

あ
会う
a.u.
見面

わか
別れる
wa.ka.re.ru.
分別

さいかい
再会
sa.i.ka.i.
重逢

れんらく
連絡
re.n.ra.ku.
聯絡

たの
楽しい
ta.no.shi.i.
快樂的

さび
寂しい
sa.bi.shi.i.
寂寞的

お世話になりました。

o.se.wa.ni.na.ri.ma.shi.ta.

多謝關照。

說明

　　日文中的「世話」就是指照顧、照料、幫助等意思。整句就是指感謝受到對方照顧的意思。

實用會話

A：この二日間本当にお世話になりました。
ko.no.fu.tsu.ka.ka.n.ho.n.to.u.ni.o.se.wa.ni.na.ri.ma.shi.ta.

這兩天真是受到你的照顧了。

B：いいえ、また遊びに来てくださいね。
i.i.e./ma.ta.a.so.bi.ni.ki.te.ku.da.sa.i.ne.

哪裡，要再來玩啊。

A：はい、分かりました。
ha.i./wa.ka.ri.ma.shi.ta.

好的，我知道了。

B：では、またね。
de.wa./ma.ta.ne.

那麼再見了。

A：はい、またね。
ha.i./ma.ta.ne.

好的，再見了。

長い 間 お世話になりました。

na.ga.i.a.i.da.o.se.wa.ni.na.ri.ma.shi.ta.

長久以來承蒙觀照了。

今までありがとうございました。

i.ma.ma.de.a.ri.ga.to.u.go.za.i.ma.shi.ta.

謝謝你到目前為止的照顧。

相關單字

お礼

o.re.i.

謝禮

プレゼント

pu.re.ze.n.to.

禮物

感謝

ka.n.sha.

感謝

感激

ka.n.ge.ki.

感動、感激

嬉しい

u.re.shi.i.

開心的

約束

ya.ku.so.ku.

約定

お久しぶりです。

o.hi.sa.shi.bu.ri.de.su.

好久不見。

說明

「久しぶり」是有隔了好久的意思，因此整句意思為好久不見。

實用會話

A：高山さん、お久しぶりですね。
ta.ka.ya.ma.sa.n/o.hi.sa.shi.bu.ri.de.su.ne.
高山，好久不見呢。

B：本当にお久しぶりです。お元気ですか？
ho.n.to.u.ni.o.hi.sa.shi.bu.ri.de.su./o.ge.n.ki.de.su.ka.
真的好久不見呢，你好嗎？

A：はい、元気です。
ha.i./ge.n.ki.de.su.
嗯，我很好。

相關句型

久しぶりに遊びに来ました。
hi.sa.shi.bu.ri.ni.a.so.bi.ni.ki.ma.shi.ta.
隔了很久來玩了。

久しぶりに会いました。
hi.sa.shi.bu.ri.ni.a.i.ma.shi.ta.
隔了很久再見面了。

長い
na.ga.i.

長久的

昔
mu.ka.shi.

從前

以前
i.ze.n.

以前

再会
sa.i.ka.i.

重逢

懐かしい
na.tsu.ka.shi.i.

懷念的

お蔭で。

o.ka.ge.de.

多虧、託～的福。

說明

　　前面加「～の」的話，就可以表示託～的福、幫助的意思。

實用會話

A：今日はどうでしたか？
kyo.u.wa.do.u.de.shi.ta.ka.
今天怎麼樣呢？

B：お蔭で楽しかったです。
o.ke.ge.de.ta.no.shi.ka.tta.de.su.
託你的福玩得很開心。

A：それはよかったですね。
so.re.wa.yo.ka.tta.de.su.ne.
那真是太好了呢。

B：ええ本当に。
e.e.ho.n.to.u.ni.
對啊。

相關句型

お蔭様で元気です。
o.ka.ge.sa.ma.de.ge.n.ki.de.su.
託您的福我很好。

皆さんのお蔭で無事に終わりました。
mi.na.sa.n.no.o.ka.ge.de.bu.ji.ni.o.wa.ri.ma.shi.ta.
託大家的福順利結束了。

（相關單字）

家族
ka.zo.ku.
家人

両親
ryo.u.shi.n.
父母

先生
se.n.se.i.
老師

友達
to.mo.da.chi.
朋友

あなた
a.na.ta.
你

基本 要會的
日語 便利句

CHAPTER.02

交通篇

一日に何便ありますか？
いちにち　なんびん

i.chi.ni.chi.ni.na.n.bi.n.a.ri.ma.su.ka.

一天有幾班飛機？

說明

要搭日本國內線至其它地區玩的時候，就可以這樣詢問。

實用會話

A：すみません、名古屋への飛行機は一日に
何便ありますか？
なごや　　　　ひこうき　いちにち
なんびん

su.mi.ma.se.n./na.go.ya.e.no.hi.ko.u.ki.wa.i.chi.ni.chi.
ni.na.n.bi.n.a.ri.ma.su.ka.

不好意思，往名古屋的飛機一天有幾班？

B：一日に八便です。
いちにち　はちびん

i.chi.ni.chi.ni.ha.chi.bi.n.de.su.

一天有八個班機。

A：わかりました。ありがとうございます。

wa.ka.ri.ma.shi.ta./a.ri.ga.to.u.go.za.i.ma.su.

我知道了，謝謝。

B：どういたしまして。

do.u.i.ta.shi.ma.shi.te.

不客氣。

相關句型

予約開始日はいつからですか？
よやくかいしび

yo.ya.ku.ka.shi.bi.wa.i.tsu.ka.ra.de.su.ka.

預約是從甚麼時候開始？

搭乗手続きの締め切り時間はいつですか？

to.u.jo.u.te.tsu.zu.ki.no.shi.me.ki.ri.ji.ka.n.wa.i.tsu.de.su.

ka.

登機手續的截止時間是甚麼時候？

(相關單字)

空港
ku.u.ko.u.

機場

飛行機
hi.ko.u.ki.

飛機

搭乗
to.u.jo.u.

搭乗

時刻表
ji.ko.ku.hyo.u.

時刻表

航空券
ko.u.ku.u.ke.n.

機票

予約
yo.ya.ku.

預約

荷物は一人何キロまでですか？
にもつ　ひとりなん

ni.mo.tsu.wa.hi.to.ri.na.n.ki.ro.ma.de.de.su.ka.

請問一個人的行李可以到幾公斤？

說明

　　因為每家航空公司的行李限制不一，所以可以先問清楚避免超重。

實用會話

A：すみません、荷物は一人何キロまでですか？
にもつ　　ひとりなん

su.mi.ma.se.n./ni.mo.tsu.wa.hi.to.ri.na.n.ki.ro.ma.de.de.su.ka.

不好意思，請問一個人的行李可以到幾公斤？

B：二十五キロまでです。
にじゅうご

ni.ju.u.go.ki.ro.ma.de.de.su.

是二十五公斤。

A：分かりました。ありがとうございます。
わ

wa.ka.ri.ma.shi.ta./a.ri.ga.to.u.go.za.i.ma.su.

我知道了，謝謝。

B：どういたしまして。

do.u.i.ta.shi.ma.shi.te.

不客氣。

相關句型
荷物が重量オーバーしてしまいました。
ni.mo.tsu.ga.ju.u.ryo.u.o.o.ba.a.shi.te.shi.ma.i.ma.shi.ta.
行李超重了。

超過料金を取られますか？
cho.u.ka.ryo.u.ki.n.o.to.ra.re.ma.su.ka.
會被收超重的行李費嗎？

相關單字
手荷物
te.ni.mo.tsu.
隨身行李

預かる
a.zu.ka.ru.
保管

重量
ju.u.ryo.u.
重量

制限
se.i.ge.n.
限制

超える
ko.e.ru.
超過

機内に持ち込めますか？
きない　も　こ

ki.na.i.ni.mo.chi.ko.me.ma.su.ka.

能帶上飛機內嗎？

說明

　　當要確認自己的行李能不能帶上飛機時，可以這樣詢問。

實用會話

A：すみません。
su.mi.ma.se.n.
不好意思。

B：はい。
ha.i.
是的。

A：これは機内に持ち込めますか？
きない　も　こ
ko.re.wa.ki.na.i.ni.mo.chi.ko.me.ma.su.ka.
這個可以帶上飛機嗎？

B：はい。できます。
ha.i./de.ki.ma.su.
可以的。

相關句型

機内への持ち込みができません。
きない　も　こ
ki.na.i.e.no.o.mo.chi.ko.mi.ga.de.ki.ma.se.n.
不行帶入飛機上。

機内に持ち込み禁止なものは何ですか？

ki.na.i.ni.mo.chi.ko.mi.ki.n.shi.na.mo.no.wa.na.n.de.

su.ka.

請問禁止帶上飛機的東西是甚麼？

(相關單字)

保安検査
ho.a.n.ke.n.sa.
安全檢查

禁止
ki.n.shi.
禁止

液体物
e.ki.ta.i.bu.tsu.
液體

危険物
ki.ke.n.bu.tsu.
危險物

ライター
ra.i.ta.a.
打火機

薬
ku.su.ri.
藥品

窓側の席でお願いします。

ma.do.ga.wa.no.se.ki.de.o.ne.

ga.i.shi.ma.su.

請給我靠窗座位。

說明

　　再搭飛機等交通工具時，可以用此句型告訴櫃台小姐想要靠窗座位或是靠走道的座位。

實用會話

A：通路側の席か窓側の席かどちらがよろしいでしょうか？

tsu.u.ro.ga.wa.no.se.ki.ka.ma.do.ga.wa.no.se.ki.ka.

do.chi.ra.ga.yo.ro.shi.i.de.sho.u.ka.

請問要選擇靠走道座位還是靠窗座位呢？

B：窓側の席でお願いします。

ma.do.ga.wa.no.se.ki.de.o.ne.ga.i.shi.ma.su.

請給我靠窗座位。

A：はい、分かりました。

ha.i./wa.ka.ri.ma.shi.ta.

好的，我明白了。

相關句型

通路側の席でお願いします。

tsu.u.ro.ga.wa.no.se.ki.de.o.ne.ga.i.shi.ma.su.

請給我靠走道座位。

窓側の席はまだ空いていますか？
ma.do.ga.wa.no.se.ki.wa.ma.da.a.i.te.i.ma.su.ka.

靠窗座位還有空的嗎？

(相關單字)

座席
za.se.ki.

座位

指定席
shi.te.i.se.ki.

指定席

飛行機
hi.ko.u.ki.

飛機

エコノミークラス
e.ko.no.mi.i.ku.ra.su.

經濟艙

ビジネスクラス
bi.ji.ne.su.ku.ra.su.

商務艙

ファーストクラス
fa.a.su.to.ku.ra.su.

頭等艙

もうお食事はお済みですか？

mo.u.o.sho.ku.ji.wa.o.su.mi.de.su.ka.

請問已經結束用餐了嗎？

說明

　　在飛機上用餐時，空姐通常會用此句詢問是否已經用餐完畢。可參考下列會話及相關句型做答覆。

實用會話

A：もうお食事はお済みですか？
mo.u.o.sho.ku.ji.wa.o.su.mi.de.su.ka.
請問已經結束用餐了嗎？

B：いいえ、まだです。
i.i.e./ma.da.de.su.
不，還沒有。

A：はい、分かりました。
ha.i./wa.ka.ri.ma.shi.ta.
好的，我知道了。

相關句型

はい、済みました。
ha.i./su.mi.ma.shi.ta.
是，已經用完了。

お水ください。

o.mi.zu.ku.da.sa.i.
請給我一杯水。

きないしょく
機内食
ki.na.i.sho.ku.
飛機餐

コーヒー
ko.o.hi.i.
咖啡

ジュース
ju.u.su.
果汁

ミルク
mi.ru.ku.
牛奶

しんぶん
新聞
shi.n.bu.n.
報紙

もうふ
毛布
mo.u.fu.
毛毯

訪問の目的は何ですか？

ほうもん　もくてき　なん

ho.u.mo.n.no.mo.ku.te.ki.wa.na.n.de.su.ka.

來訪的目的是？

説明

　　下飛機後至入國審查區通常會被詢問的問題，以確認此次入境的目的。

實用會話

A：訪問の目的は何ですか？

ほうもん　もくてき　なん

ho.u.mo.n.no.mo.ku.te.ki.wa.na.n.de.su.ka.

請問來訪的目的是？

B：留学です。

りゅうがく

ryu.u.ga.ku.de.su.

來留學。

A：どこの大学ですか？

だいがく

do.ko.no.da.i.ga.ku.de.su.ka.

哪裡的大學？

B：東京大学です。

とうきょうだいがく

to.u.kyo.u.da.i.ga.ku.de.su.

東京大學。

相關句型

パスポートを見せてください。

み

pa.su.po.o.to.o.mi.se.te.ku.da.sa.i.

請給我看護照。

かいがいしゅっちょう
海外出張です。
ka.i.ga.i.shu.ccho.u.de.su.

國外出差。

相關單字

にゅうこくしんさ
入国審査
nyu.u.ko.ku.shi.n.sa.

入國審查。

かんこう
観光
ka.n.ko.u.

觀光

しごと
仕事
shi.go.to.

工作

しゅっちょう
出張
shu.ccho.u.

出差

しょうよう
商用
sho.u.yo.u.

商務

職業は何ですか？

sho.ku.gyo.u.wa.na.n.de.su.ka.

請問是甚麼職業？

說明

在入國審查時常以此句確認現在的身分、職業。

實用會話

A：職業は何ですか？
sho.ku.gyo.u.wa.na.n.de.su.ka.
請問是甚麼職業？

B：教師です。
kyo.u.shi.de.su.
是教師。

A：どうぞ、お通りください。
do.u.zo./o.to.o.ri.ku.da.sa.i.
請通過。

B：ありがとう。
a.ri.ga.to.u.
謝謝

相關句型

あなたの職業は何ですか？
a.na.ta.no.sho.ku.gyo.u.wa.na.n.de.su.ka.
你的職業是甚麼？

どんな仕事をしていますか？

do.n.na.shi.go.to.o.shi.te.i.ma.su.ka.

在做甚麼工作的？

がくせい
学生
ga.ku.se.i.
學生

かいしゃいん
会社員
ka.i.sha.i.n.
公司職員

こうむいん
公務員
ko.u.mu.i.n.
公務員

いしゃ
医者
i.sha.
醫生

コック
ko.kku.
廚師

エンジニア
e.n.ji.ni.a.
工程師

どのくらい滞在<ruby>滞在<rt>たいざい</rt></ruby>しますか？

do.no.ku.ra.i.ta.i.za.i.shi.ma.su.ka.

大概要待多久？

說明

在入海關時通常會被海關人員以此句詢問此次旅遊要在日本待多久等問題。

實用會話

A：日本<ruby>日本<rt>にほん</rt></ruby>は初<ruby>初<rt>はじ</rt></ruby>めてですか？

ni.ho.n.wa.ha.ji.me.te.de.su.ka.

第一次來日本嗎？

B：はい、そうです。

ha.i./so.u.de.su.

是的。

A：どのくらい滞在<ruby>滞在<rt>たいざい</rt></ruby>しますか？

do.no.ku.ra.i.ta.i.za.i.shi.ma.su.ka.

大概要待多久？

B：一週間<ruby>一週間<rt>いっしゅうかん</rt></ruby>です。

i.sshu.u.ka.n.de.su.

一個星期。

相關句型

日本<ruby>日本<rt>にほん</rt></ruby>にはどれくらい滞在<ruby>滞在<rt>たいざい</rt></ruby>しますか？

ni.ho.n.ni.wa.do.re.ku.ra.i.ta.i.za.i.shi.ma.su.ka.

在日本大概要待多久？

いつまで滞在^{たいざい}しますか？

i.tsu.ma.de.ta.i.za.i.shi.ma.su.ka.

要待到甚麼時候？

(相關單字)

十日^{とおか}

to.o.ka.

十天

二週間^{にしゅうかん}

ni.shu.u.ka.n.

兩個星期

一ヶ月^{いっかげつ}

i.kka.ge.tsu.

一個月

三ヶ月^{さんかげつ}

sa.n.ka.ge.tsu.

三個月

半年^{はんとし}

ha.n.to.shi.

半年

一年^{いちねん}

i.chi.ne.n.

一年

どこに滞在する予定ですか？

do.ko.ni.ta.i.za.i.su.ru.yo.te.i.de.su.ka.

打算住在哪裡？

說明

　　在海關通常會被詢問停留的期間以及會用此句詢問打算停留在哪、住在哪裡。

實用會話

A：いつまで滞在しますか？
i.tsu.ma.de.ta.i.za.i.shi.ma.su.ka.
要待到甚麼時候？

B：来週の日曜日までです。
ra.i.shu.u.no.ni.chi.yo.u.bi.ma.de.de.su.
待到下個星期日。

A：どこに滞在する予定ですか？
do.ko.ni.ta.i.za.i.su.ru.yo.te.i.de.su.ka.
打算住在哪裡？

B：大阪の東方ホテルです。
o.o.sa.ka.no.to.u.ho.u.ho.te.ru.de.su.
大阪的東方飯店。

相關句型

どこに滞在しますか？
do.ko.ni.ta.i.za.i.shi.ma.su.ka.

要住在哪裡？

親戚の家に泊まります。
shi.n.se.ki.no.i.e.ni.to.ma.ri.ma.su.

住在親戚的家裡。

相關單字

札幌
sa.ppo.ro.

札幌

東京
to.u.kyo.u.

東京

大阪
o.o.sa.ka.

大阪

京都
kyo.u.to.

京都

名古屋
na.go.ya.

名古屋

博多
ha.ka.ta.

博多

～駅はどこですか？

e.ki.wa.do.ko.de.su.ka.

～車站在哪裡？

說明

再找車站時，可以套用此句型向他人詢問。

實用會話

A：すみません、新宿駅はどこですか？
su.mi.ma.se.n./shi.n.ju.ku.e.ki.wa.do.ko.de.su.ka.
不好意思，請問新宿車站在哪裡？

B：まっすぐ行ったらすぐ見えますよ。
ma.ssu.gu.i.tta.ra.su.gu.mi.e.ma.su.yo.
直走的話馬上就會看到喔。

A：分かりました。ありがとうございます。
wa.ka.ri.ma.shi.ta./a.ri.ga.to.u.go.za.i.ma.su.
我知道了，謝謝。

B：いいえ。
i.i.e.
不會。

相關句型

渋谷駅はどう行ったらいいですか？
shi.bu.ya.e.ki.wa.do.u.i.tta.ra.i.i.de.su.ka.
請問涉谷車站要怎麼去？

一番近い駅はどこですか？

i.chi.ba.n.chi.ka.i.e.ki.wa.do.ko.de.su.ka.

請問最近的車站在哪裡？

相關單字

右折
u.se.tsu.

右轉

左折
sa.se.tsu.

左轉

渡る
wa.ta.ru.

渡過、經過

信号
shi.n.go.u.

紅綠燈

横断歩道
o.u.da.n.ho.do.u.

斑馬線

歩道橋
ho.do.u.kyo.u.

天橋

〜までお願いします。

ma.de.o.ne.ga.i.shi.ma.su.

麻煩到〜。

說明

在搭乘計程車時，可以套用此句型，向司機說明想要去的地方。

實用會話

A：どちらまでですか？

do.chi.ra.ma.de.de.su.ka.

請問要到哪裡？

B：上野動物園までお願いします。

u.e.no.do.u.bu.tsu.e.n.ma.de.o.ne.ga.i.shi.ma.su.

麻煩到上野動物園。

A：はい、分かりました。

ha.i./wa.ka.ri.ma.shi.ta.

好的，我明白了。

相關句型

この住所までお願いします。

ko.no.ju.sho.ma.de.o.ne.ga.i.shi.ma.su.

麻煩到這個地址。

千三百円になります。

se.n.sa.n.pya.ku.e.n.ni.na.ri.ma.su.

總共是一千三百日圓。

タクシー
ta.ku.shi.i.
計程車

料金 <ruby>りょうきん</ruby>
ryo.u.ki.n.
費用

運転手 <ruby>うんてんしゅ</ruby>
u.n.te.n.shu.
司機

駅 <ruby>えき</ruby>
e.ki.
車站

ホテル
ho.te.ru.
飯店

住所 <ruby>じゅしょ</ruby>
ju.sho.
地址

～までの切符をお願いします。

ma.de.no.ki.ppu.o.o.ne.ga.i.shi.ma.su.

麻煩給我到～的車票。

説明

　　再搭乘大眾運輸工具時，可以套用此句型，購買想要到達地點的車票。

實用會話

A：あのう、すみません…

a.no.u./su.mi.ma.se.n.

那個，不好意思…

B：はい。

ha.i.

是的。

A：京都までの切符をお願いします。

kyo.u.to.ma.de.no.ki.ppu.o.o.ne.ga.i.shi.ma.su.

請給我到京都車站的車票。

B：はい、分かりました。少々お待ちください。

ha.i./wa.ka.ri.ma.shi.ta./sho.u.sho.u.o.ma.chi.ku.da.sa.i.

好的，我知道了。請稍等一下。

奈良までの切符をください。

na.ra.ma.de.no.ki.ppu.o.ku.da.sa.i.

請給我到奈良的車票。

名古屋から東京までの切符をお願いしま

す。

na.go.ya.ka.ra.to.u.kyo.u.ma.de.no.ki.ppu.o.o.ne.

ga.i.shi.ma.su.

麻煩給我從名古屋到東京的車票。

相關單字

乗車券

jo.u.sha.ke.n.

車票

一日乗車券

i.chi.ni.chi.jo.u.sha.ke.n.

一日卷

窓口

ma.do.gu.chi.

窗口

改札口

ka.i.sa.tsu.gu.chi.

剪票口

駅員

e.ki.i.n.

站務員

～枚ください。

ma.i.ku.da.sa.i.

請給我～張。

說明

　　買車票時，可以套入數量以告訴站務人員要買車票的張數。

實用會話

A：長崎から熊本までの切符を一枚ください。

na.ga.sa.ki.ka.ra.ku.ma.mo.to.ma.de.no.ki.ppu.o.i.chi.ma.i.ku.da.sa.i.

請給我一張從長崎到熊本的車票。

B：はい。片道ですか？

ha.i./ka.ta.mi.chi.de.su.ka.

好的，請問是單程嗎？

A：はい、そうです。

ha.i./so.u.de.su.

是的。

B：分かりました。少々お待ちください。

wa.ka.ri.ma.shi.ta./sho.u.sho.u.o.ma.chi.ku.da.sa.i.

我知道了，請稍等一下。

相關句型

長崎から熊本までの切符はまだありますか？

na.ga.sa.ki.ka.ra.ku.ma.mo.to.ma.de.no.ki.ppu.wa.ma.

da.a.ri.ma.su.ka.

長崎到熊本的車票還有嗎？

もう売り切れました。

mo.u.u.ri.ki.re.ma.shi.ta.

已經賣完了。

相關單字

二枚

ni.ma.i.

兩張

三枚

sa.n.ma.i.

三張

四枚

yo.n.ma.i.

四張

五枚

go.ma.i.

五張

片道

ka.ta.mi.chi.

單程

往復

o.u.fu.ku.

來回

この切符はキャンセルでき
ますか？

ko.no.ki.ppu.wa.kya.n.se.ru.de.ki.ma.su.ka.

可以取消這張車票嗎？

說明

在買錯或是想要取消車票時，可以用這句來向站務員詢問。

實用會話

A：すみませんが、この切符はキャンセルできますか？

su.mi.ma.se.n.ga./ko.no.ki.ppu.wa.kya.n.se.ru.de.ki.ma.su.ka.

不好意思，請問可以取消這張車票嗎？

B：はい、できますよ。

ha.i./de.ki.ma.su.yo.

可以的。

A：じゃ、お願いします。

ja./o.ne.ga.i.shi.ma.su.

那麼麻煩了。

B：はい、少々お待ちください。

ha.i./sho.u.sho.u.o.ma.chi.ku.da.sa.i.

好的，請稍等。

切符の日付を変更したいのですが、できますか？

ki.ppu.no.hi.zu.ke.o.he.n.ko.u.shi.ta.i.no.de.su.ga./de.ki.ma.su.ka.

我想要改變車票的日期，請問可以嗎？

切符の払戻しはできますか？

ki.ppu.o.ha.ra.i.mo.do.shi.wa.de.ki.ma.su.ka.

能夠退還車票嗎？

有効

yu.u.ko.u.

有效

無効

mu.ko.u.

無效

キャンセル

kya.n.se.ru.

取消

手数料

te.su.u.ryo.u.

手續費

無料

mu.ryo.u.

免費

いつ発車しますか？

i.tsu.ha.ssha.shi.ma.su.ka.

甚麼時候發車？

說明

　　再詢問公車或是電車等交通工具的發車時間時，通常以此句向站務人員詢問。

實用會話

A：すみませんが、次の列車はいつ発車しますか？

su.mi.ma.se.n.ga./tsu.gi.no.re.ssha.wa.i.tsu.ha.ssha.shi.ma.su.ka.

不好意思，請問下一班列車甚麼時候發車呢？

B：二時十五分に発車しますよ。

ni.ji.ju.u.go.fu.n.ni.ha.ssha.shi.shi.ma.su.yo.

兩點十五分發車喔。

A：分かりました。ありがとうございます。

wa.ka.ri.ma.shi.ta./a.ri.ga.to.u.go.za.i.ma.su.

我知道了，謝謝。

B：どういたしまして。

do.u.i.ta.shi.ma.shi.te.

不客氣。

相關句型

この列車はいつ発車しますか？

ko.no.re.ssha.wa.i.tsu.ha.ssha.shi.ma.su.ka.

這班列車甚麼時候發車？

<ruby>列車<rt>れっしゃ</rt></ruby>はまもなく<ruby>発車<rt>はっしゃ</rt></ruby>します。

re.ssha.wa.ma.mo.na.ku.ha.ssha.shi.ma.su.

列車不久後就要發車了。

相關單字

<ruby>時刻表<rt>じこくひょう</rt></ruby>
ji.ko.ku.hyo.u.

時刻表

ホーム
ho.o.mu.

月台

<ruby>始発<rt>しはつ</rt></ruby>
shi.ha.tsu.

首班車

<ruby>終電<rt>しゅうでん</rt></ruby>
shu.u.de.n.

末班車

<ruby>定刻<rt>ていこく</rt></ruby>
te.i.ko.ku.

準時

<ruby>遅れる<rt>おく</rt></ruby>
o.ku.re.ru.

遲到、慢

どのくらいで着きますか？

do.no.ku.ra.i.de.tsu.ki.ma.su.ka.

大約要多久才會到？

說明

「着く」是到達的意思。可套用此句來詢問自己要到的目的地大概要花上多少時間。

實用會話

A：あのう、福岡まではどのくらいで着きますか？

a.no.u./fu.ku.o.ka.ma.de.wa.do.no.ku.ra.i.de.tsu.ki.ma.su.ka.

那個，到福岡大概要多久才會到？

B：えーと、四十分くらいです。

e.e.to./yo.n.ju.ppu.n.ku.ra.i.de.su.

嗯，大概四十分鐘。

A：分かりました。

wa.ka.ri.ma.shi.ta.

我知道了。

相關句型

どのくらいかかりますか？

do.no.ku.ra.i.ka.ka.ri.ma.su.ka.

要花多少時間？

福岡から鹿児島まではどのくらいで着きます

か？

fu.ku.o.ka.ka.ra.ka.go.shi.ma.ma.de.wa.do.no.ku.ra.i.de.

tsu.ki.ma.su.ka.

從福岡到鹿兒島大概要多久才會到？

<ruby>後<rt>あと</rt></ruby>どのくらいで<ruby>着<rt>つ</rt></ruby>きますか？

a.to.do.no.ku.ra.i.de.tsu.ki.ma.su.ka.

大概還要多久才會到？

相關單字

<ruby>出発<rt>しゅっぱつ</rt></ruby>

shu.ppa.tsu.

出發

<ruby>到着<rt>とうちゃく</rt></ruby>

to.u.cha.ku.

抵達

<ruby>速<rt>はや</rt></ruby>い

ha.ya.i.

快的

<ruby>遅<rt>おそ</rt></ruby>い

o.so.i.

慢的

すみませんが、ここは 私 の 席 です。

su.mi.ma.se.n.ga./ko.ko.wa.wa.ta.shi.

no.se.ki.de.su.

不好意思，這裡是我的位子。

(說明)

在搭乘交通工具或是參加演唱會等活動，而當自己的座位被他人坐走時，可以用此句告知對方。

(實用會話)

A：すみませんが、ここは 私 の 席 です。
su.mi.ma.se.n.ga./ko.ko.wa.wa.ta.shi.no.se.ki.de.su.
不好意思，這裡是我的位子。

B：えっ、ここは 十五番 じゃないですか？
e./ko.ko.wa.ju.u.go.ba.n.ja.na.i.de.su.ka.
咦，這裡不是十五號嗎？

A：ここは 十七番 ですよ。
ko.ko.wa.ju.u.na.na.ba.n.de.su.yo.
這裡是十七號喔。

B：あっ、すみません、間違えました。
a./su.mi.ma.se.n./ma.chi.ga.e.ma.shi.ta.
啊，不好意思我弄錯了。

(相關句型)

私の席はどこですか？

wa.ta.shi.no.se.ki.wa.do.ko.de.su.ka.

我的位子在哪裡？

２７Ｂの座席はどこですか？

ni.ju.u.na.na.bi.i.no.za.se.ki.wa.do.ko.de.su.ka.

２７Ｂ的座位在哪裡？

（相關單字）

自由席

ji.yu.u.se.ki.

自由席

指定席

shi.te.i.se.ki.

指定席

番号

ba.n.go.u.

號碼

通路

tsu.u.ro.

走道

車両

sha.ryo.u.

車廂

寝台車

shi.n.da.i.sha.

臥鋪車

どの駅で乗り換えればいいですか？

do.no.e.ki.de.no.ri.ka.e.re.ba.i.i.de.su.ka.

要在哪一站換車呢？

說明

「乗り換える」就是轉乘的意思，由於日本地鐵交通比台灣複雜許多，所以不確定怎麼轉乘的，就可以這樣詢問。

實用會話

A：すみませんが、新宿へ行きたいんですけど、どの駅で乗り換えればいいですか？

su.mi.ma.se.n.ga./shi.n.ju.ku.e.i.ki.ta.i.n.de.su.ke.do./do.no.e.ki.de.no.ri.ka.e.re.ba.i.i.de.su.ka.

不好意思，我想去新宿，請問我要在哪一站換車呢？

B：新宿ですね。じゃ、次の駅で乗り換えですよ。

shi.n.ju.ku.de.su.ne./ja./tsu.gi.no.e.ki.de.no.ri.ka.e.de.su.yo.

要去新宿對吧？那麼你要在下一站換車喔。

A：分かりました。ありがとうございます。

wa.ka.ri.ma.shi.ta./a.ri.ga.to.u.go.za.i.ma.su.

我知道了，謝謝你。

相關句型

乗り換えが必要ですか？
no.ri.ka.e.ga.hi.tsu.yo.u.de.su.ka.
需要換車嗎？

次の駅で乗り換えてください。
tsu.gi.no.e.ki.de.no.ri.ka.te.ku.da.sa.i.
請在下一站換車。

相關單字

乗る
no.ru.
搭乘

降りる
o.ri.ru.
下車

ホーム
ho.o.mu.
月台

入口
i.ri.gu.chi.
入口

出口
de.gu.chi.
出口

列車に忘れ物をしちゃったんです。

re.ssha.ni.wa.su.re.mo.no.o.shi.cha.tta.n.de.su.

把東西忘在列車上了。

說明

「忘れ物」是指遺失物的意思，而忘了東西在車上時，就可以這樣向站務員求救。

實用會話

A：すみません、私は列車に忘れ物をしちゃったんですが、どうすればいいですか？

su.mi.ma.se.n./wa.ta.shi.wa.re.ssha.ni.wa.su.re.mo.no.o.shi.cha.tta.n.de.su.ga./do.u.su.re.ba.i.i.de.su.ka.

不好意思，我忘了東西在列車上，要怎麼辦才好？

B：忘れ物は何ですか？あと、どの列車ですか？

wa.su.re.mo.no.wa.na.n.de.su.ka./a.to./do.no.re.ssha.de.su.ka.

是甚麼東西呢？然後是哪台列車？

A：このくらいの黒いカバンです。さっきの関西行きの列車です。

ko.no.ku.ra.i.no.ku.ro.i.ka.ba.n.de.su./sa.kki.no.ka.n.sa.

i.yu.ki.no.re.ssha.de.su.

大概這麼大的黑色包包。是剛剛往關西的列車。

B：はい、係員に連絡しますので、少々
お待ちください。

ha.i./ka.ka.ri.i.n.ni.re.n.ra.ku.shi.ma.su.no.de./sho.u.sho.
u.o.ma.chi.ku.da.sa.i.

好的，我會與相關人員聯絡，請稍等一下。

（相關句型）

電車にカバンを忘れてしまいました。

de.n.sha.ni.ka.ba.n.o.wa.su.re.te.shi.ma.i.ma.shi.ta.

把包包忘在電車上了。

カバンがなくなってしまいました。

ka.ba.n.ga.na.ku.na.tte.shi.ma.i.ma.shi.ta.

包包不見了。

（相關單字）

財布	切符
sa.i.fu.	ki.ppu.
錢包	**車票**

荷物	パスポート
ni.mo.tsu.	pa.su.po.o.to.
行李	**護照**

携帯電話	コート
ke.i.ta.i.de.n.wa.	ko.o.to.
手機	**外套**

まだ間に合いますか？

ma.da.ma.ni.a.i.ma.su.ka.

還來得及嗎？

說明

「間に合う」是來得及、趕上的意思。此句型可以用在詢問任何有關時間趕得上與否的場合。

實用會話

A：すみません、今から駅に行っても、まだ六時の新幹線に間に合いますか？

su.mi.ma.se.n./i.ma.ka.ra.e.ki.ni.i.tte.mo./ma.da.ro.ku.ji.no.shi.n.ka.n.se.n.ni.ma.ni.a.i.ma.su.ka.

不好意思，我現在去車站的話，還趕得上六點的新幹線嗎？

B：駅までタクシーで行くなら十分ぐらいしかかからないので、まだ間に合うと思いますよ。

e.ki.ma.de.ta.ku.shi.i.de.i.ku.na.ra.ju.ppu.n.shi.ka.ka.ka.ra.na.i.no.de./ma.da.ma.ni.a.u.to.o.mo.i.ma.su.yo.

坐計程車到車站大概要花十分鐘，所以我覺得來得及喔。

A：そうですか、ありがとうございます。

so.u.de.su.ka./a.ri.ga.to.u.go.za.i.ma.su.

這樣啊，謝謝你。

もう間に合わないです。
mo.u.ma.ni.a.wa.na.i.de.su.
已經來不及了。

終電は何時ですか？
shu.u.de.n.wa.na.n.ji.de.su.ka.
末班車是幾點？

相關單字

遅刻
chi.ko.ku.
遲到

遅れる
o.ku.re.ru.
晚、遲

急ぐ
i.so.gu.
急速、著急

終電
shu.u.de.n.
末班車

始発
shi.ha.tsu.
頭班車

背包客

基本 要會的

日語 便利句

CHAPTER.03

住宿篇

ダブルルームはありますか？

da.bu.ru.ru.u.mu.wa.a.ri.ma.su.ka.

請問有雙人房嗎？

(說明)

「ダブルルーム」是雙人房的意思。在飯店要訂房時，可以利用此句型問清楚房間的種類。

(實用會話)

A：すみません、ダブルルームはありますか？
su.mi.ma.se.n./da.bu.ru.ru.u.mu.wa.a.ri.ma.su.ka.
不好意思。

B：はい、ありますよ。
ha.i./a.ri.ma.su.yo.
有的。

A：じゃ、ダブルルームをお願いします。
ja./da.bu.ru.ru.u.mu.o.o.ne.ga.i.shi.ma.su.
那麼請給我雙人房。

B：はい、分かりました。
ha.i./wa.ka.ri.ma.shi.ta.
好的，我明白了。

(相關句型)

どんな部屋のタイプがありますか？
do.n.na.he.ya.no.ta.i.pu.ga.a.ri.ma.su.ka.
房間有哪些類型？

禁煙ルームはありますか？
ki.n.e.n.ru.u.mu.wa.a.ri.ma.su.ka.
有禁菸房嗎？

相關單字

シングルルーム
shi.n.gu.ru.ru.mu.
單人房

ホテル
ho.te.ru.
飯店

旅館
ryo.ka.n.
旅館

部屋
he.ya.
房間

予約
yo.ya.ku.
預約

泊まる
to.ma.ru.
住宿

シングルルームが二部屋空いていますか？

shi.n.gu.ru.ru.u.mu.ga.fu.ta.he.ya.a.i.te.i.ma.su.ka.

請問有兩間空的單人房嗎？

說明

「空く」就是有空的意思，因此要詢問有沒有空房時，可以套用此句型。

實用會話

A：すみません、シングルルームが二部屋空いていますか？

su.mi.ma.se.n./shi.n.gu.ru.ru.mu.ga.fu.ta.he.ya.a.i.te.i.ma.su.ka.

不好意思，請問有兩間空的單人房嗎？

B：生憎ですが、今一部屋しか空いていません。

a.i.ni.ku.de.su.ga./i.ma.hi.to.ya.he.ya.shi.ka.a.i.te.i.ma.se.n.

很不巧，現在只剩一間而已。

A：そうですか。

so.u.de.su.ka.

這樣啊。

空いている部屋はありますか？
a.i.te.i.ru.he.ya.wa.a.ri.ma.su.ka.
有空的房間嗎？

本日は満室です。
ho.n.ji.tsu.wa.ma.n.shi.tsu.de.su.
今日已客滿。

一部屋
hi.to.he.ya.
一間

空室
ku.u.shi.tsu.
空房

三部屋
sa.n.he.ya.
三間

四部屋
yo.n.he.ya.
四間

禁煙ルーム
ki.n.e.n.ru.u.mu.
禁菸房

喫煙ルーム
ki.tsu.e.n.ru.u.mu.
吸菸房

一泊いくらですか？
いっぱく

i.ppa.ku.i.ku.ra.de.su.ka.

住一晚多少錢？

說明

「一泊」在日文裡是指住一夜、一晚的意思。

實用會話

A：シングルルームは一泊いくらですか？
いっぱく

shi.n.gu.ru.ru.u.mu.wa.i.ppa.ku.i.ku.ra.de.su.ka.

請問單人房一晚多少錢？

B：五千三百円です。
ごせんさんびゃくえん

go.se.n.sa.n.pya.ku.e.n.de.su.

五千三百日圓。

A：じゃ、一部屋お願いします。
ひとへや　ねが

ja./hi.to.he.ya.o.ne.ga.i.shi.ma.su.

那麼請給我一間。

B：はい、分かりました。
わ

ha.i./wa.ka.ri.ma.shi.ta.

好的，我知道了。

相關句型

シングルルームは一晩いくらですか？
ひとばん

shi.n.gu.ru.ru.u.mu.wa.hi.to.ba.ni.ku.ra.de.su.ka.

單人房住一晚是多少錢？

部屋代はいくらですか？
へやだい

he.ya.da.i.wa.i.ku.ra.de.su.ka.
請問房費是多少？

（相關單字）

料金
_{りょうきん}
ryo.u.ki.n.
費用

サービス 料
_{りょう}
sa.a.bi.su.ryo.u.
服務費

税金
_{ぜいきん}
ze.i.ki.n.
税金

チップ
chi.ppu.
小費

領 収 書
_{りょうしゅうしょ}
ryo.u.shu.u.sho.
收據

この部屋にします。

ko.no.he.ya.ni.shi.ma.su.

我要這個房間。

說明

「～にします」就是指決定要～的意思。

實用會話

A：どれになさいますか？
do.re.ni.na.sa.i.ma.su.ka.
請問要哪個房間呢？

B：この部屋にします。
ko.no.he.ya.ni.shi.ma.su.
我要這個房間。

A：はい、分かりました。一晩ですか？
ha.i./wa.ka.ri.ma.shi.ta./hi.to.ba.n.de.su.ka.
好的我知道了，請問是住一晚嗎？

B：はい、一晩です。
ha.i./hi.to.ba.n.de.su.
是的，是住一晚。

相關句型

この部屋をお願いします。
ko.no.he.ya.o.o.ne.ga.i.shi.ma.su.
麻煩給我這個房間。

予約できますか？

yo.ya.ku.de.ki.ma.su.ka.

可以預約嗎？

相關單字

宿泊
しゅくはく

shu.ku.ha.ku.

住宿

宿泊プラン
しゅくはく

shu.ku.ha.ku.pu.ra.n.

住宿的優惠方案

安い
やす

ya.su.i.

便宜的

受付
うけつけ

u.ke.tsu.ke.

櫃台

カウンター

ka.u.n.ta.a.

櫃台

決める
き

ki.me.ru.

決定

部屋を予約したいんですが。

he.ya.o.yo.ya.ku.shi.ta.i.n.de.su.ga.

我想要預約房間。

說明

要事先預約住宿的房間時，就用此句型表示。

實用會話

A：部屋を予約したいんですが、シングルルームはありますか？

he.ya.o.yo.ya.ku.shi.ta.i.n.de.su.ga./shi.n.gu.ru.ru.u.mu.wa.a.ri.ma.su.ka.

我想要預約房間，請問有單人房嗎？

B：はい、あります。いつのご予約でしょうか？

ha.i./a.ri.ma.su./i.tsu.no.go.yo.ya.ku.de.sho.u.ka.

有的，請問要預約甚麼時候？

A：五月十五日の夜です。

go.ga.tsu.ju.u.go.ni.chi.no.yo.ru.de.su.

五月十五日的晚上。

B：はい、分かりました。

ha.i./wa.ka.ri.ma.shi.ta.

好的，我明白了。

お名前をフルネームでお願いします。

o.na.ma.e.o.fu.ru.ne.e.mu.de.o.ne.ga.i.shi.ma.su.

請告訴我您的全名。

予約は必要ですか？

yo.ya.ku.wa.hi.tsu.yo.u.de.su.ka.

需要預約嗎？

連絡先

re.n.ra.ku.sa.ki.

聯絡方式

電話番号

de.n.wa.ba.n.go.u.

電話號碼

住所

ju.u.sho.

地址

名前

na.ma.e.

名字

宿泊日

shu.ku.ha.ku.bi.

住宿日

部屋タイプ

he.ya.ta.i.pu.

房間類型

私 の部屋は何号室ですか？

wa.ta.shi.no.he.ya.wa.na.n.go.shi.
tsu.de.su.ka.

我的房間是幾號？

說明

　　大部分事先預約房間後，當天登記入住時才會知道自己住幾號房，故可用此句型問清楚房號。

實用會話

A：予約したんですが、 私 の部屋は何号室ですか？

yo.ya.ku.shi.ta.n.de.su.ga./wa.ta.shi.no.he.ya.wa.
na.n.go.u.shi.tsu.de.su.ka.

我已經預約了房間，請問我是幾號房？

B：すみません、お名前は？

su.mi.ma.se.n./o.na.ma.e.wa.

不好意思，請位大名是？

A：林 小方です。

ri.n.sho.u.ho.u.de.su.

林小方。

B：はい、お客 様のお部屋は三〇二号室です。

ha.i./o.kya.ku.sa.ma.no.o.he.ya.wa.sa.n.ma.ru.ni.

go.u.shi.tsu.de.su.

好的，客人的房間是 302 號房。

相關句型

これは部屋の鍵です。

ko.re.wa.he.ya.no.ka.gi.de.su.

這是房間的鑰匙。

食堂は何階ですか？

sho.ku.do.u.wa.na.n.ka.i.de.su.ka.

請問餐廳在幾樓？

相關單字

番号
ba.n.go.u.
號碼

バス・トイレ付き
ba.su./to.i.re.tsu.ki.
附衛浴設備

何階
na.n.ka.i.
幾樓

設備
se.tsu.bi.
設備

エレベーター
e.re.be.e.ta.a.
電梯

非常口
hi.jo.u.gu.chi.
緊急出口

チェックインしたいんですが。

che.kku.i.n.shi.ta.i.n.de.su.ga.

我想要 check in。

説明

「チェックイン」就是由英文 check in 轉變而來，指登記手續的意思。

實用會話

A：すみません、チェックインしたいんですが、いいですか？

su.mi.ma.se.n./che.kku.i.n.shi.ta.i.n.de.su.ga./i.i.de.su.ka.

不好意思，我想要 check in，可以嗎？

B：はい、お名前をフルネームでお願いします。

ha.i./o.na.ma.e.o.fu.ru.ne.e.mu.de.o.ne.ga.i.shi.ma.su.

好的，請告訴我您的全名。

A：陳小明です。

chi.n.sho.u.me.i.de.su.

陳小明。

B：分かりました。少々お待ちください。

wa.ka.ri.ma.shi.ta./sho.u.sho.u.o.ma.chi.ku.da.sa.i.

我知道了，請稍等一下。

チェックインはいつからですか？
che.kku.i.n.wa.i.tsu.ka.ra.de.su.ka.
check in 從甚麼時候開始？

夜遅くチェックインできますか？
yo.ru.o.so.ku.che.kku.i.n.de.ki.ma.su.ka.
深夜可以 check in 嗎？

相關單字

受付
u.ke.tsu.ke.
櫃台

預かる
a.zu.ka.ru.
寄放

チェックアウト
che.kku.a.u.to.
退房

手続き
te.tsu.zu.ki.
手續

サイン
sa.i.n.
簽名

荷物
ni.mo.tsu.
行李

ワイファイは使えますか？

wa.i.fa.i.wa.tsu.ka.e.ma.su.ka.

可以使用無線網路嗎？

說明

「ワイファイ」是從英文轉變而來，指無線網路的意思。

實用會話

A：すみません。
su.mi.ma.se.n.
不好意思。

B：はい。
ha.i.
是的。

A：部屋でワイファイは使えますか？
he.ya.de.wa.i.fa.i.wa.tsu.ka.e.ma.su.ka.
請問房間裡可以使用無線網路嗎？

B：はい、使えますよ。
ha.i./tsu.ka.e.ma.su.yo.
可以使用喔。

相關句型

ロビーでワイファイは使えますか？
ro.bi.i.de.wa.i.fa.i.wa.tsu.ka.e.ma.su.ka.
在大廳可以使用無線網路嗎？

ワイファイは無料ですか？
wa.i.fa.i.wa.mu.ryo.u.de.su.ka.
無線網路是免費的嗎？

(相關單字)

サービス
sa.a.bi.su.
服務

インターネット
i.n.ta.a.ne.tto.
網路

公衆電話
ko.u.shu.u.de.n.wa.
公共電話

無料
mu.ryo.u.
免費

有料
yu.u.ryo.u.
收費

宿泊は食事が含まれますか？

shu.ku.ha.ku.wa.sho.ku.ji.ga.fu.ku.ma.re.ma.su.ka.

請問住宿有附餐點嗎？

說明

　　因為各個飯店的規矩都不一樣，故可以先以此句問清楚，避免弄錯。

實用會話

A：すみません、宿泊は食事が含まれますか？
su.mi.ma.se.n/shu.ku.ha.ku.wa.sho.ku.ji.ga.fu.ku.ma.re.ma.su.ka.
不好意思，請問住宿有附餐點嗎？

B：はい、含まれますよ。
ha.i./fu.ku.ma.re.ma.su.yo.
有的。

A：朝食ですか？
cho.u.sho.ku.de.su.ka.
是早餐嗎？

B：はい、朝食です。
ha.i./cho.u.sho.ku.de.su.

對，是早餐。

相關句型

食堂はどこですか？
sho.ku.do.u.wa.do.ko.de.su.ka.
請問餐廳在哪裡？

朝食は有料ですか？
cho.u.sho.ku.wa.yu.u.ryo.u.de.su.ka.
早餐是收費的嗎？

相關單字

食事券
sho.ku.ji.ke.n.
餐券

メニュー
me.nyu.u.
菜單

昼食
chu.u.sho.ku.
午餐

夕食
yu.u.sho.ku.
晚餐

食堂
sho.ku.do.u.
餐廳

ビュッフェ
byu.ffe.
自助餐

朝食は何時からですか？

cho.u.sho.ku.wa.na.n.ji.ka.ra.de.su.ka.

早餐從幾點開始？

說明

「何時からですか」就是從幾點開始的疑問句，可以套用此句詢問想要知道的活動時間。

實用會話

A：すみません、朝食は何時からですか？
su.mi.ma.se.n./cho.u.sho.ku.wa.na.n.ji.ka.ra.de.su.ka.
不好意思，早餐從幾點開始供應？

B：六時半からです。
ro.ku.ji.ha.n.ka.ra.de.su.
早上六點開始。

A：分かりました。ありがとうございます。
wa.ka.ri.ma.shi.ta./a.ri.ga.to.u.go.za.i.ma.su.
我知道了，謝謝。

B：どういたしまして。
do.u.i.ta.shi.ma.shi.te.
不客氣。

相關句型

朝食は何時までですか？

cho.u.sho.ku.wa.na.n.ji.ma.de.de.su.ka.

早餐到幾點結束？

<ruby>朝<rt>ちょう</rt></ruby> <ruby>食<rt>しょく</rt></ruby> はついていますか？

cho.u.sho.ku.wa.tsu.i.te.i.ma.su.ka.

有附早餐嗎？

相關單字

<ruby>和<rt>わ</rt></ruby><ruby>食<rt>しょく</rt></ruby>

wa.sho.ku.

日式餐

<ruby>洋<rt>よう</rt></ruby> <ruby>食<rt>しょく</rt></ruby>

yo.u.sho.ku.

西式餐

パン

pa.n.

麵包

ご<ruby>飯<rt>はん</rt></ruby>

go.ha.n.

白飯

<ruby>味<rt>み</rt></ruby><ruby>噌<rt>そ</rt></ruby><ruby>汁<rt>しる</rt></ruby>

mi.so.shi.ru.

味噌湯

コーヒー

ko.o.hi.i.

咖啡

モーニングコールをしていただけませんか？

mo.o.ni.n.gu.ko.o.ru.o.shi.te.i.ta.da.ke.ma.se.n.ka.

可以叫我起床嗎？

說明

「モーニングコール」就是從英文的 morning call 轉變而來的。而希望飯店人員提供晨喚的服務時，就可以這樣表示。

實用會話

A：すみません、明日モーニングコールをしていただけませんか？
su.mi.ma.se.n./a.shi.ta.mo.o.ni.n.gu.ko.o.ru.o.shi.te.i.ta.da.ke.ma.se.n.ka.
不好意思，請問明天可以叫我起床嗎？

B：はい、いつがよろしいでしょうか？
ha.i./i.tsu.ga.yo.ro.shi.i.de.sho.u.ka.
好的，請問要幾點呢？

A：朝七時半です。
a.sa.shi.chi.ji.ha.n.de.su.
早上七點半。

B：はい、分かりました。
ha.i./wa.ka.ri.ma.shi.ta.

好的，我知道了。

モーニングコールをお願_{ねが}いします。
mo.o.ni.n.gu.ko.o.ru.o.o.ne.ga.i.shi.ma.su.
麻煩叫我起床。

モーニングコールのサービスはありますか？
mo.o.ni.n.gu.ko.o.ru.no.sa.a.bi.su.wa.a.ri.ma.su.ka.
請問有提供晨喚的服務嗎？

時間_{じかん}
ji.ka.n.
時間

目覚_{めざ}まし時計_{どけい}
me.za.ma.shi.do.ke.i.
鬧鐘

寝_ねる
ne.ru.
睡覺

起_おきる
o.ki.ru.
起床

寝坊_{ねぼう}
ne.bo.u.
睡懶覺、睡過頭

休憩_{きゅうけい}
kyu.u.ke.i.
休息

部屋を変えてもらえませんか？

he.ya.o.ka.e.te.mo.ra.e.ma.se.n.ka.

請問可以換房間嗎？

說明

　　如果住進才發現是不合自己意的房間時，可以利用此句型詢問是否可換房。

實用會話

A：すみません、部屋の中で変な匂いがしますので、部屋を変えてもらえませんか？

su.mi.ma.se.n./he.ya.no.na.ka.de.he.n.na.ni.o.i.ga.shi.
ma.su.no.de./he.ya.o.ka.e.te.mo.ra.e.ma.se.n.ka.

不好意思，因為房間有味道，所以可以換房間嗎？

B：そうですか、すみません、部屋は何号室ですか？

so.u.de.su.ka./su.mi.ma.se.n./he.ya.wa.na.n.go.u.shi.
tsu.de.su.ka.

這樣啊，不好意思，請問是幾號房？

A：三〇五です。

sa.n.ma.ru.go.de.su.

是 305 號房。

B：分かりました、少々お待ちください。

wa.ka.ri.ma.shi.ta./sho.u.sho.u.o.ma.chi.ku.da.sa.i.

我知道了，請稍等一下。

相關句型

部屋を変わることができませんか？
he.ya.o.ka.wa.ru.ko.to.ga.de.ki.ma.se.n.ka.
請問可以更換房間嗎？

禁煙の部屋に変えてもらえますか？
ki.n.e.n.no.he.ya.ni.ka.e.te.mo.ra.e.ma.su.ka.
可以換禁菸的房間嗎？

相關單字

喫煙
ki.tsu.e.n.
吸菸

タバコ
ta.ba.ko.
香菸

変更
he.n.ko.u.
更換

景色
ke.shi.ki.
景色

隣
to.na.ri.
隔壁

うるさい
u.ru.sa.i.
吵雜

荷物を預かっていただけませんか？

ni.mo.tsu.o.a.zu.ka.tte.i.ta.da.ke.

ma.se.n.ka.

可以幫我保管行李嗎？

說明

在飯店想請櫃台人員幫忙保管行李時，就可以用此句表達。

實用會話

A：すみません、荷物を預かっていただけませんか？

su.mi.ma.se.n./ni.mo.tsu.o.a.zu.ka.tte.i.ta.da.ke.ma.se.

n.ka.

不好意思，請問可以幫我保管行李嗎？

B：はい、いいですよ。

ha.i./i.i.de.su.yo.

可以的喔。

A：ありがとうございます。

a.ri.ga.to.u.go.za.i.ma.su.

謝謝。

B：どういたしまして。

do.u.i.ta.shi.ma.shi.te.

不客氣。

相關句型

荷物を預けたいんですが。
ni.mo.tsu.o.a.zu.ke.ta.i.n.de.su.ga.
行李可以寄放嗎？

チェックアウト後の荷物は預かっていただけ
ますか？
che.kku.a.u.to.a.to.no.ni.mo.tsu.wa.a.zu.ka.tte.i.ta.da.ke.
ma.su.ka.
退房之後能幫我保管行李嗎？

相關單字

コインロッカー
ko.i.n.ro.kka.a.
寄物櫃

カバン
ka.ba.n.
包包

スーツケース
su.u.tsu.ke.e.su.
行李箱

フロント
fu.ro.n.to.
櫃台

鍵
ka.gi.
鑰匙

鍵を部屋に忘れてしまいました。

ka.gi.o.he.ya.ni.wa.su.re.te.shi.ma.i.ma.shi.ta.

鑰匙忘在房間裡了。

說明

在住宿時把鑰匙遺忘在房間，或是退房時丟了東西在房間裡時，都可以套用此句型來做解釋。

實用會話

A：すみません、鍵を部屋に忘れてしまいました。どうすればいいですか？

su.mi.ma.se.n./ka.gi.o.he.ya.ni.wa.su.re.te.shi.ma.i.ma.shi.ta./do.u.su.re.ba.i.i.de.su.ka.

不好意思我忘了鑰匙在房間裡了，該怎麼辦？

B：何号室ですか？

na.n.go.u.shi.tsu.de.su.ka.

請問是幾號房？

A：二〇一です。

ni.ma.ru.i.chi.de.su.

201號房。

B：分かりました、少々お待ちください。

wa.ka.ri.ma.shi.ta./sho.u.sho.u.o.ma.chi.ku.da.sa.i.

我知道了，請稍等一下。

相關句型

鍵がなくなってしまいました。
ka.gi.ga.na.ku.na.tte.shi.ma.i.ma.shi.ta.
把鑰匙弄丟了。

荷物を部屋に忘れてしまいました。
ni.mo.tsu.o.he.ya.ni.wa.su.re.te.shi.ma.i.ma.shi.ta.
忘了行李在房間裡了。

相關單字

忘れ物　　　　　　　　カバン
wa.su.re.mo.no.　　　　ka.ba.n.
遺忘物　　　　　　　**包包**

携帯電話
ke.i.ta.i.de.n.wa.
手機

財布
sa.i.fu.
錢包

服
fu.ku.
衣服

カメラ
ka.me.ra.
相機

トイレットペーパーがないんですが。

to.i.re.tto.pe.e.pa.a.ga.na.i.n.de.su.ga.

衛生紙沒有了。

說明

　　如果住宿時房間裡缺了甚麼東西時，可以套用此句型向服務生反應。

實用會話

Ａ：すみません。
su.mi.ma.se.n.
不好意思。

Ｂ：はい。
ha.i.
是的。

Ａ：部屋のトイレットペーパーがないんですが…
he.ya.no.to.i.re.tto.pe.e.pa.a.ga.na.i.n.de.su.ga.
房間裡的衛生紙沒有了…

Ｂ：すみません、今すぐお持ちします。
su.mi.ma.se.n./i.ma.su.gu.o.mo.chi.shi.ma.su.
不好意思，我現在馬上拿過去。

トイレットペーパーが足りないです。
to.i.re.tto.pe.e.pa.a.ga.ta.ri.na.i.de.su.
衛生紙不夠。

タオルがありません。
ta.o.ru.ga.a.ri.ma.se.n.
沒有毛巾。

タオル
ta.o.ru.
毛巾

お湯
o.yu.
熱水

水
mi.zu.
水

石鹸
se.kke.n.
肥皂

シャンプー
sha.n.pu.u.
洗髮精

練り歯磨き
ne.ri.ha.mi.ga.ki.
牙膏

一晩延泊したいんですが。

hi.to.ba.n.e.n.pa.ku.shi.ta.i.n.de.su.ga.

想要多住一天。

說明

「延泊」就是在延長住宿的意思，此句型可用在沒有事先跟旅館預約而詢問可否延長住宿的時候。

實用會話

A：すみません、一晩延泊したいんですが、いいですか？

su.mi.ma.se.n./hi.to.ba.n.e.n.pa.ku.shi.ta.i.n.de.su.ga./i.i.de.su.ka.

不好意思，我想要多住一天，可以嗎？

B：何号室ですか？

na.n.go.u.shi.tsu.de.su.ka.

請問是幾號房？

A：五〇三です。

go.ma.ru.sa.n.de.su.

503 號房。

B：はい、分かりました、少々お待ちください。

ha.i./wa.ka.ri.ma.shi.ta./sho.u.sho.u.o.ma.chi.ku.da.sa.i.

我明白了，請稍等一下。

チェックアウト時間の延長はできますか？
che.kku.a.u.to.ji.ka.n.no.e.n.cho.u.wa.de.ki.ma.su.ka.
請問可以延後退房的時間嗎？

予約のキャンセルはできますか？
yo.ya.ku.no.kya.n.se.ru.wa.de.ki.ma.su.ka.
可以取消預約嗎？

相關單字

チェックイン
che.kku.i.n.
登記入住

チェックアウト
che.kku.a.u.to.
退房

宿泊
shu.ku.ha.ku.
住宿

延長
e.n.cho.u.
延長

追加料金
tsu.i.ka.ryo.u.ki.n.
追加費用

隣り合わせの部屋をお願いできますか？

to.na.ri.a.wa.se.no.he.ya.o.o.ne.ga.i.de.ki.ma.su.ka.

可以給我相鄰的房間嗎？

說明

「隣り合わせ」是指相鄰、鄰接的意思，因此整句是要求希望有相鄰的房間。

實用會話

A：シングルルームは二部屋ありますか？
shi.n.gu.ru.ru.mu.wa.fu.ta.he.ya.a.ri.ma.su.ka.
有兩間單人房嗎？

B：はい、あります。
ha.i./a.ri.ma.su.
有的。

A：隣り合わせの部屋をお願いできますか？
to.na.ri.a.wa.se.no.he.ya.o.o.ne.ga.i.de.ki.ma.su.ka.
可以給我相鄰的房間嗎？

B：はい、できます。
ha.i./de.ki.ma.su.
可以的。

相關句型

隣り合わせの部屋はありますか？

to.na.ri.a.wa.se.no.he.ya.wa.a.ri.ma.su.ka.

有相鄰的房間嗎？

眺めのいい部屋はありますか？

na.ge.me.no.i.i.he.ya.wa.a.ri.ma.su.ka.

有視野好的房間嗎？

(相關單字)

近い

chi.ka.i.

近的

エレベーター

e.re.be.e.ta.a.

電梯

エスカレーター

e.su.ka.re.e.ta.a.

電扶梯

階段

ka.i.da.n.

樓梯

窓

ma.do.

窗戶

景色

ke.shi.ki.

景色

このホテルの近くに〜はありますか？

ko.no.ho.te.ru.no.chi.ka.ku.ni./wa.a.ri.ma.su.ka.

這飯店的附近有〜嗎？

說明

日文中的「近く」就是指附近、近處的意思。

實用會話

A：すみません、このホテルの近くにコンビニはありますか？

su.mi.ma.se.n./ko.no.ho.te.ru.no.chi.ka.ku.ni.ko.n.bi.ni.wa.a.ri.ma.su.ka.

不好意思，請問飯店的附近有便利商店嗎？

B：ありますよ。この道をまっすぐ行ったらすぐ見えますよ。

a.ri.ma.su.yo./ko.no.mi.chi.o.ma.ssu.gu.i.tta.ra.su.gu.mi.e.ma.su.yo.

有的，從這條路一直走下去馬上就會看到喔。

A：はい、分かりました。

ha.i./wa.ka.ri.ma.shi.ta.

好的我知道了。

相關句型

コンビニはどこですか？

ko.n.bi.ni.wa.do.ko.de.su.ka.

便利商店在哪裡？

ここから駅までは遠いですか？

ko.ko.ka.ra.e.ki.ma.de.wa.to.o.i.de.su.ka.

從這裡到車站很遠嗎？

（相關單字）

銀行

gi.n.ko.u.

銀行

郵便局

yu.u.bi.n.kyo.ku.

郵局

レストラン

re.su.to.ra.n.

餐廳

ラーメン屋

ra.a.me.n.ya.

拉麵店

クリーニング屋

ku.ri.i.ni.n.gu.ya.

洗衣店

ドラッグストア

do.ra.ggu.su.to.a.

藥妝店

ルームサービスをお願いします。

ru.u.mu.sa.a.bi.su.o.o.ne.ga.i.shi.ma.su.

我要叫客房服務。

說明

「ルームサービス」是從英文的 room service 轉變而來，指客房服務的意思。

實用會話

A：すみません、こちらは六〇六号室です。ルームサービスをお願いします。

su.mi.ma.se.n./ko.chi.ra.wa.ro.ku.ma.ru.ro.ku.go.u.shi.tsu.de.su./ru.u.mu.sa.a.bi.su.o.o.ne.ga.i.shi.ma.su.

你好，這裡是 606 號房，我想要叫客房服務。

B：はい、何をお持ちしましょうか。

ha.i./na.ni.o.o.mo.chi.shi.ma.sho.u.ka.

好的，需要些甚麼嗎？

A：コーヒーを一杯お願いします。

ko.o.hi.i.o.i.ppa.i.o.ne.ga.i.shi.ma.su.

我要一杯咖啡。

B：はい、分かりました。

ha.i./wa.ka.ri.ma.shi.ta.

好的我知道了。

ルームサービスをお願_{ねが}いできますか？
ru.u.mu.sa.a.bi.su.o.o.ne.ga.i.de.ki.ma.su.ka.
可以叫客房服務嗎？

ルームサービスをお願_{ねが}いしたいんですが。
ru.u.mu.sa.a.bi.su.o.o.ne.ga.i.shi.ta.i.n.de.su.ga.
我想要叫客房服務。

ジュース
ju.u.su.
果汁

デザート
de.za.a.to.
點心

ビール
bi.i.ru.
啤酒

朝食_{ちょうしょく}
cho.u.sho.ku.
早餐

昼食_{ちゅうしょく}
chu.u.sho.ku.
午餐

夜食_{やしょく}
ya.sho.ku.
宵夜

お風呂のお湯が出ないんです。

o.fu.ro.no.o.yu.ga.de.na.i.n.de.su.

浴室沒有熱水。

說明

「お湯」是熱水的意思，所以有時候在日本澡堂外面會看到掛上寫此字的布簾。

實用會話

A：もしもし、こちらは二〇八号室です。お風呂のお湯が出ないんです。

mo.shi.mo.shi./ko.chi.ra.wa.ni.ma.ru.ha.chi.go.u.shi.tsu.de.su./o.fu.ro.no.o.yu.ga.de.na.i.n.de.su.

喂，這裡是２０８號房，浴室沒有熱水。

B：分かりました。今すぐ行きますので、少々お待ちください。

wa.ka.ri.ma.shi.ta./i.ma.su.gu.i.ki.ma.su.no.de./sho.u.sho.u.o.ma.chi.ku.da.sa.i.

知道了，我馬上會過去，請稍等一下。

A：はい、分かりました。

ha.i./wa.ka.ri.ma.shi.ta.

好，我知道了。

相關句型

トイレの水が流れません。
to.i.re.no.mi.zu.ga.na.ga.re.ma.se.n.
馬桶水沖不出來。

エアコンが壊れています。
e.a.ko.n.ga.ko.wa.re.te.i.ma.su.
冷氣壞掉了。

（相關單字）

トイレ
to.i.re.
廁所

電気
de.n.ki.
電燈

蛇口
ja.gu.chi.
水龍頭

テレビ
te.re.bi.
電視

暖房
da.n.bo.u.
暖氣

冷房
re.i.bo.u.
冷氣

基本 要會 的

日語 便利句

CHAPTER.04

購物篇

何をお探しですか？

なに　　　　　さが

na.ni.o.o.sa.ga.shi.de.su.ka.

請問有在找甚麼嗎？

說明

在店裡購物時，通常可能會被店員以此句詢問有沒有在找甚麼東西等，可以參考下列會話及相關例句來做回應。

實用會話

Ａ：何をお探しですか？
なに　　　　さが
na.ni.o.o.sa.ga.shi.de.su.ka.
請問有在找甚麼嗎？

Ｂ：ここはマスクを売っていますか？
う
ko.ko.wa.ma.su.ku.o.u.tte.i.ma.su.ka.
這裡有沒賣口罩呢？

Ａ：はい、売っていますよ。こちらです。
う
ha.i./u.tte.i.ma.su.yo./ko.chi.ra.de.su.
我們有在賣喔，在這邊。

Ｂ：ありがとうございます。
a.ri.ga.to.u.go.za.i.ma.su.
謝謝。

相關句型

いいえ、ただ見ているだけです。
み
i.i.e./ta.da.mi.te.i.ru.da.ke.de.su.

不，我只是看看而已。

マスクはありませんか？
ma.su.ku.wa.a.ri.ma.se.n.ka.
有沒有口罩呢？

洗顔料
せんがんりょう
se.n.ga.n.ryo.u.
洗面乳

ローション
ro.o.sho.n.
化妝水

ヘアカラーリング剤
ざい
he.a.ka.ra.a.ri.n.gu.za.i.
染髮劑

目薬
めぐすり
me.gu.su.ri.
眼藥水

絆創膏
ばんそうこう
ba.n.so.u.ko.u.
OK繃

靴下
くつした
ku.tsu.shi.ta.
襪子

～はいくらですか？

wa.i.ku.ra.de.su.ka.

～多少錢？

說明

在購物而商品沒有標價時，可以套用此句型來詢問店員價錢。

實用會話

A：すみません…
su.mi.ma.se.n.
不好意思…

B：はい。
ha.i.
是的。

A：このカバンはいくらですか？
ko.no.ka.ba.n.wa.i.ku.ra.de.su.ka.
這個包包多少錢呢？

B：これは五千五百円です。
ko.re.wa.go.se.n.go.hya.ku.e.n.de.su.
這個是五千五百日圓。

相關句型

これはいくらですか？
ko.re.wa.i.ku.ra.de.su.ka.
這個多少錢？

全部でいくらですか？
<small>ぜんぶ</small>

ze.n.bu.de.i.ku.ra.de.su.ka.

總共要多少錢？

相關單字

服
<small>ふく</small>

fu.ku.

衣服

ジーンズ

ji.i.n.zu.

牛仔褲

靴
<small>くつ</small>

ku.tsu.

鞋子

帽子
<small>ぼうし</small>

bo.u.shi.

帽子

ワンピース

wa.n.pi.i.su.

連身裙

ぬいぐるみ

nu.i.gu.ru.mi.

布娃娃

～はありませんか？

wa.a.ri.ma.se.n.ka.

有沒有～呢？

說明

購物時的萬用句型之一。可將自己套用想要找的商品名稱，來向店員詢問。

實用會話

A：あのう、手袋はありませんか？
a.no.u./te.bu.ku.ro.wa.a.ri.ma.se.n.ka.
那個，有沒有手套呢？

B：ありますよ。こちらです。
a.ri.ma.su.yo./ko.chi.ra.de.su.
有的，在這裡。

B：ありがとうございます。
a.ri.ga.to.u.go.za.i.ma.su.
謝謝。

A：いいえ。
i.i.e.
不會。

相關句型

手袋がありますか？
te.bu.ku.ro.ga.a.ri.ma.su.ka.
有手套嗎？

手袋は売っていません。
te.bu.ku.ro.wa.u.tte.i.ma.se.n.
沒有賣手套。

売る
u.ru.
賣

買う
ka.u.
買

ある
a.ru.
有

ない
na.i.
無

商 品
sho.u.hi.n.
商品

探す
sa.ga.su.
尋找

割引はありますか？

わりびき

wa.ri.bi.ki.wa.a.ri.ma.su.ka.

有打折嗎？

說明

「割引」是日文打折的意思，而「三割引」就是指去掉三成的價錢，為打七折之意。

實用會話

A：すみません、この服はいくらですか？

ふく

su.mi.ma.se.n./ko.no.fu.ku.wa.i.ku.ra.de.su.ka.

不好意思，這件衣服多少錢？

B：これは三千五百円です。

さんぜんごひゃくえん

ko.re.wa.sa.n.ze.n.go.hya.ku.e.n.de.su.

這件三千五百日圓。

A：割引はありますか？

わりびき

wa.ri.bi.ki.wa.a.ri.ma.su.ka.

請問有打折嗎？

B：はい、今は、三割引です。

いま　さんわりびき

ha.i./i.ma.wa./sa.n.wa.ri.bi.ki.de.su.

有的，現在打七折。

相關句型

ディスカウントはありますか？

di.su.ka.u.n.to.wa.a.ri.ma.su.ka.

請問有折扣嗎？

ニ<ruby>十<rt>じゅ</rt></ruby>パーセントオフです。

ni.ju.pa.a.se.n.to.o.fu.de.su.

有打八折。

相關單字

<ruby>一割引<rt>いちわりびき</rt></ruby>

i.chi.wa.ri.bi.ki.

九折

<ruby>二割引<rt>にわりびき</rt></ruby>

ni.wa.ri.bi.ki.

八折

<ruby>四割引<rt>よんわりびき</rt></ruby>

yo.n.wa.ri.bi.ki.

六折

<ruby>五割引<rt>ごわりびき</rt></ruby>

go.wa.ri.bi.ki.

五折

<ruby>値段<rt>ねだん</rt></ruby>

ne.da.n.

價錢

<ruby>割引券<rt>わりびきけん</rt></ruby>

wa.ri.bi.ki.ke.n.

折價券

税込みですか？

ze.i.ko.mi.de.su.ka.

有含稅嗎？

說明

目前日本的消費稅金為百分之五，而有些商品上寫的價錢可能是未含稅金的價錢，因此可以用此句來詢問店員。

實用會話

A：このお菓子はいくらですか？

ko.no.o.ka.shi.wa.i.ku.ra.de.su.ka.

這個糕點要多少錢？

B：八百円です。

ha.ppya.ku.e.n.de.su.

八百日圓。

A：税込みですか？

ze.i.ko.mi.de.su.ka.

是含稅嗎？

B：はい、税込みです。

ha.i./ze.i.ko.mi.de.su.

是的，這是含稅的。

相關句型

税金は何パーセントですか？

ze.i.ki.n.wa.na.n.pa.a.se.n.to.de.su.ka.

有百分之幾的稅金呢？

五パーセントです。

go.pa.a.se.n.to.de.su.

百分之五。

（相關單字）

税金

ze.i.ki.n.

稅金

消費税

sho.u.hi.ze.i.

消費稅

税抜き

ze.i.nu.ki.

不含稅

免税店

me.n.ze.i.te.n.

免稅店

レシート

re.shi.i.to.

收據

領収書

ryo.u.shu.u.sho.

收據

試着してもいいですか？
しちゃく

shi.cha.ku.shi.te.mo.i.i.de.su.ka.

請問可以試穿嗎？

說明

在日本不一定每家店都能夠試穿，因此選購時，先用此句詢問店員確定是否可以試穿以示禮貌。

實用會話

A：あのう、すみません…
a.no.u./su.mi.ma.se.n.
那個，不好意思…

B：はい。
ha.i.
是的。

A：この服を試着してもいいですか？
ko.no.fu.ku.o.shi.cha.ku.shi.te.mo.i.i.de.su.ka.
這件衣服可以試穿嗎？

B：いいですよ。どうぞ。
i.i.de.su.yo./do.u.zo.
可以喔，請。

相關句型

すみませんが、当店ではご試着はできません。
su.mi.ma.se.n.ga./to.u.te.n.de.wa.go.shi.cha.ku.wa.

de.ki.ma.se.n.
不好意思，本店沒有提供試穿的服務。

相關單字

<ruby>洋服屋<rt>ようふくや</rt></ruby>さん
yo.u.fu.ku.ya.sa.n.
服飾店

<ruby>靴屋<rt>くつや</rt></ruby>さん
ku.tsu.ya.sa.n.
鞋店

<ruby>更衣室<rt>こういしつ</rt></ruby>
ko.u.i.shi.tsu.
更衣室

<ruby>試着室<rt>しちゃくしつ</rt></ruby>
shi.cha.ku.shi.tsu.
更衣室

<ruby>鏡<rt>かがみ</rt></ruby>
ka.ga.mi.
鏡子

<ruby>試食<rt>ししょく</rt></ruby>
shi.sho.ku.
試吃

試着室はどこですか？

shi.cha.ku.shi.tsu.wa.do.ko.de.su.ka.

請問更衣室在哪裡？

說明

　　「試着室」、「更衣室」都使更衣室的意思。此句型用來詢問店家的試衣間在哪裡。

實用會話

A：すみませんが、試着室はどこですか？
su.mi.ma.se.n.ga./shi.cha.ku.shi.tsu.wa.do.ko.de.su.ka.
不好意思，請問更衣室在哪裡？

B：ご試着ですね。こちらへどうぞ。
go.shi.cha.ku.de.su.ne./ko.chi.ra.e.do.u.zo.
是要試穿對吧，這邊請。

A：はい、ありがとうございます。
ha.i./a.ri.ga.to.u.go.za.i.ma.su.
好的，謝謝。

相關句型

右側に試着室がございます。
mi.gi.ga.wa.ni.shi.cha.ku.shi.tsu.ga.go.za.i.ma.su.
更衣室在右邊。

少々お待ちください。
sho.u.sho.u.o.ma.chi.ku.da.sa.i.
請稍等一下。

こういしつ
更衣室
ko.u.i.shi.tsu.

更衣室

しちゃく
試着
shi.cha.ku.

試穿

ひだりがわ
左側
hi.da.ri.ga.wa.

左側

ぬ
脱ぐ
nu.gu.

脱

き
着る
ki.ru.

穿

は
履く
ha.ku.

穿（鞋子等）

これはちょっとサイズが合いません。

ko.re.wa.cho.tto.sa.i.zu.ga.a.i.ma.se.n.

這個有點不太合我的身。

說明

在試穿後，如果覺得衣服尺寸等不太合自己時，可以用這句來表示。

實用會話

A：いかがでしょうか？
i.ka.ga.de.sho.u.ka.
穿起來怎麼樣呢？

B：これはちょっとサイズが合いません。
ko.re.wa.cho.tto.sa.i.zu.ga.a.i.ma.se.n.
這個有點不太合我的身。

A：そうなんですか、では、このサイズはどうですか？
so.u.na.n.de.su.ka./de.wa./ko.no.sa.i.zu.wa.do.u.de.su.ka.
這樣啊，那要不要試試看這個尺寸？

B：じゃ、これを試着します。
ja./ko.re.o.shi.cha.ku.shi.ma.su.

那我試穿看看這個。

相關句型

ちょっと似合わないです。
cho.tto.ni.a.wa.na.i.de.su.
（樣式）有點不太適合。

私 にはちょっと合わないみたいです。
wa.ta.shi.ni.wa.cho.tto.a.wa.na.i.mi.ta.i.de.su.
好像有點不太合我的身。

相關單字

似合う
ni.a.u.
適合

柄
ga.ra.
花樣

似合わない
ni.a.wa.na.i.
不適合

サイズ
sa.i.zu.
尺寸

色
i.ro.
顏色

材質
za.i.shi.tsu.
材質

ぴったりです。

pi.tta.ri.de.su.

很合身。

說明

　　在試穿衣服、褲子或鞋子等時候，表是很合身、合腳的意思。

實用會話

A：ご試着お疲れ様でした。いかがでしょうか？

go.shi.cha.ku.o.tsu.ka.re.sa.ma.de.shi.ta./i.ka.ga.de.sho.u.ka.

試穿辛苦了，覺得怎麼樣呢？

B：ぴったりです。これを買います。

pi.tta.ri.de.su./ko.re.o.ka.i.ma.su.

很合身，我要買這個。

A：ありがとうございます。

a.ri.ga.to.u.go.za.i.ma.su.

謝謝。

相關句型

ちょうどいいです。

cho.u.do.i.i.de.su.

剛剛好。

着心地がいいです。

ki.go.ko.chi.ga.i.i.de.su.

穿起來感覺很舒服。

好<ruby>き<rt>す</rt></ruby>

su.ki.

喜歡

<ruby>嫌<rt>きら</rt></ruby>い

ki.ra.i.

討厭

<ruby>綺麗<rt>きれい</rt></ruby>

ki.ra.i.

漂亮

<ruby>可愛<rt>かわい</rt></ruby>い

ka.wa.i.i.

可愛

<ruby>美<rt>うつく</rt></ruby>しい

u.tsu.ku.shi.i.

美麗

かっこういい

ka.kko.u.i.i.

帥

もっと大きいのはありませんか？

mo.tto.o.o.ki.i.no.wa.a.ri.ma.se.n.ka.

有沒有大一點的呢？

説明

「もっと」是指更、再的意思。可運用此句型向店員詢問商品有沒有自己想要的尺寸。

實用會話

A：すみません、この商品、もっと大きいのはありませんか？

su.mi.ma.se.n./ko.no.sho.u.hi.n./mo.tto.o.o.ki.i.no.
wa.a.ri.ma.se.n.ka.

不好意思，這個商品有沒有再大一點的？

B：ありますよ。少々お待ちください。

a.ri.ma.su.yo./sho.u.sho.u.o.ma.chi.ku.da.sa.i.

有的，請稍等一下。

B：はい、こちらです。

ha.i./ko.chi.ra.de.su.

來，在這裡。

A：ありがとうございます。

a.ri.ga.to.u.go.za.i.ma.su.

謝謝。

もっと小さいのはありますか？

mo.tto.chi.i.sa.i.no.wa.a.ri.ma.su.ka.

有小一點的嗎？

すみませんが、この商品はワンサイズです。

su.mi.ma.se.n.ga./ko.no.sho.u.hi.n.wa.wa.n.sa.i.zu.

de.su.

不好意思，這個商品是單一尺寸的。

種類

shu.ru.i.

種類

大きい

o.o.ki.i.

大的

小さい

chi.i.sa.i.

小的

長い

na.ga.i.

長的

短い

mi.ji.ka.i.

短的

ほかのサイズはありますか？

ho.ka.no.sa.i.zu.wa.a.ri.ma.su.ka.

有其它的尺寸嗎？

說明

　　「サイズ」就是尺寸的意思。此句用來向店員詢問商品有沒有其它的尺寸規格。

實用會話

A：あのう、これはほかのサイズはありますか？

a.no.u./ko.re.wa.ho.ka.no.sa.i.zu.wa.a.ri.ma.su.ka.

那個，這個有其它的尺寸嗎？

B：もっと大きいのですか？

mo.tto.o.o.ki.i.no.de.su.ka.

要再大一點的嗎？

A：いいえ、もっと小さいのです。

i.i.e./mo.tto.chi.i.sa.i.no.de.su.

不，我要再小一點的。

B：はい、少々お待ちください。

ha.i./sho.u.sho.u.o.ma.chi.ku.da.sa.i.

好的，請稍等一下。

相關句型

少し小さなサイズはありますか？

su.ko.shi.chi.i.sa.i.na.sa.i.zu.wa.a.ri.ma.su.ka.

有稍微小一點的尺寸嗎？

サイズ違いはありますか？

sa.i.zu.chi.ga.i.wa.a.ri.ma.su.ka.

有不同的尺寸嗎？

（相關單字）

Sサイズ

e.su.sa.i.zu.

S 號

Mサイズ

e.mu.sa.i.zu.

M號

Lサイズ

e.ru.sa.i.zu.

L 號

センチ

se.n.chi.

公分

メートル

me.e.to.ru.

公尺

ほかの種類^{しゅるい}はありますか？

ho.ka.no.shu.ru.i.wa.a.ri.ma.su.ka.

有其它的種類嗎？

説明

用來向店員詢問商品的種類有哪些時，可以這樣表示。

實用會話

A：これほかの種類^{しゅるい}はありますか？
ko.re.ho.ka.no.shu.ru.i.wa.a.ri.ma.su.ka.
這個有其它的種類嗎？

B：どんなのが好^すきですか？
do.n.na.no.ga.su.ki.de.su.ka.
你比較喜歡怎樣的種類？

A：もっと可愛^{かわい}い感^{かん}じのほうがいいです。
mo.tto.ka.wa.i.i.ka.n.ji.no.ho.u.ga.i.i.de.su.
想要比較可愛一點的。

B：では、こちらのはいかがでしょうか？
de.wa./ko.chi.ra.no.wa.i.ka.ga.de.sho.u.ka.
那這個怎麼樣呢？

相關句型

どんな種類^{しゅるい}がありますか？
do.n.na.shu.ru.i.ga.a.ri.ma.su.ka.
有怎樣的種類？

どんな違いがありますか？

do.n.na.chi.ga.i.ga.a.ri.ma.su.ka.

有怎樣的差別？

相關單字

赤ちゃん用

a.ka.cha.n.yo.u.

嬰兒用

子供用

ko.do.mo.yo.u.

小孩用

大人用

o.to.na.yo.u.

大人用

男性用

da.n.se.i.yo.u.

男性用

女性用

jo.se.i.yo.u.

女性用

ほかの色がありますか？

ho.ka.no.i.ro.ga.a.ri.ma.su.ka.

請問有其它的顏色嗎？

說明

詢問商品有沒有其它的顏色或自己想要的顏色時，就可以這樣表示。

實用會話

A：すみません、これほかの色がありますか？

su.mi.ma.se.n./ko.re.ho.ka.no.i.ro.ga.a.ri.ma.su.ka.

不好意思，這個，有其它的顏色嗎？

B：どんな色がいいですか？

do.n.na.i.ro.ga.i.i.de.su.ka.

你想要甚麼顏色呢？

A：えーと、ピンクがいいです。

e.e.to./pi.n.ku.ga.i.i.de.su.

嗯，粉紅色的比較好。

B：はい、あります。こちらです。

ha.i./a.ri.ma.su./ko.chi.ra.de.su.

好的，我們有粉紅色。這在裡。

相關句型

どんな色がありますか？

do.n.na.i.ro.ga.a.ri.ma.su.ka.

有甚麼顏色？

黒^{くろ}のはありますか？

ku.ro.no.wa.a.ri.ma.su.ka.

有黑色的嗎？

相關單字

赤^{あか}

a.ka.

紅色

オレンジ色^{いろ}

o.re.n.ji.i.ro.

橘色

緑^{みどり}

mi.do.ri.

綠色

ブルー

bu.ru.u.

藍色

白^{しろ}

shi.ro.

白色

茶色^{ちゃいろ}

cha.i.ro.

茶色

ちょっと高<small>たか</small>いです。

cho.tto.ta.ka.i.de.su.

有點貴。

說明

「高<small>たか</small>い」是高的意思，而用在價錢上就是指價錢高、很貴的意思。

實用會話

A：あのう、これはいくらですか？
a.no.u./ko.re.wa.i.ku.ra.de.su.ka.
那個，這個要多少錢？

B：それは二千七百円<small>にせんななひゃくえん</small>です。
so.re.wa.ni.se.n.na.na.hya.ku.e.n.de.su.
那個是兩千七百日圓。

A：そっか、ちょっと高<small>たか</small>いですね。
so.kka./cho.tto.ta.ka.i.de.su.ne.
這樣啊，有點貴呢。

B：ええ、それは期間限定<small>きかんげんてい</small>の商品<small>しょうひん</small>ですから、ほかの商品<small>しょうひん</small>と比<small>くら</small>べたら少<small>すこ</small>し高<small>たか</small>いかもしれません。
e.e./so.re.wa.ki.ka.n.ge.n.te.i.no.sho.u.hi.n.de.su.ka.ra./
ho.ka.no.sho.u.hi.n.to.ku.ra.be.ta.ra.su.ko.shi.ta.ka.i.ka.
mo.shi.re.ma.se.n.
嗯，因為那個是期間限定的商品，所以和其它的比

起來會稍微貴一點。

相關句型

これは高<ruby>高<rt>たか</rt></ruby>すぎます。
ko.re.wa.ta.ka.su.gi.ma.su.
這個太貴了。

そんなに高<ruby>高<rt>たか</rt></ruby>くはないです。
so.n.na.ni.ta.ka.ku.wa.na.i.de.su.
沒有那麼貴。

相關單字

商品<ruby><rt>しょうひん</rt></ruby>
sho.u.hi.n.
商品

安い<ruby><rt>やす</rt></ruby>
ya.su.i.
便宜

値段<ruby><rt>ねだん</rt></ruby>
ne.da.n.
價錢

価格<ruby><rt>かかく</rt></ruby>
ka.ka.ku.
價格

高級<ruby><rt>こうきゅう</rt></ruby>
ko.u.kyu.u.
高級

高い<ruby><rt>たか</rt></ruby>
ta.ka.i.
貴

もう少し安いのはありませんか？

mo.u.su.ko.shi.ya.su.i.no.wa.a.ri.ma.se.n.ka.

有便宜一點的嗎？

說明

「少し」是稍微、一點的意思。覺得商品價格太高時，可以用此句來詢問看看有沒有其它比較便宜的。

實用會話

A：これっていくらですか？
ko.re.tte.i.ku.ra.de.su.ka.
這個多少錢呢？

B：そちらは三千二百円です。
so.chi.ra.wa.sa.n.ze.n.ni.hya.ku.e.n.de.su.
那個是三千兩百日圓。

A：そっか…。もう少し安いのはありませんか？
so.kka./mo.u.su.ko.shi.ya.su.i.no.wa.a.ri.ma.se.n.ka.
這樣啊…。有沒有再便宜一點的？

B：では、こちらはいかがでしょうか？こちらは二千八百円です。
de.wa./ko.chi.ra.wa.i.ka.ga.de.sho.u.ka./ko.chi.ra.wa.

ni.se.n.ha.ppa.ku.e.n.de.su.

那麼，這個怎麼樣呢？這個的話是兩千八百日圓。

相關句型

<ruby>一番<rt>いちばん</rt></ruby><ruby>安<rt>やす</rt></ruby>いのはどれですか？

i.chi.ba.n.ya.su.i.no.wa.do.re.de.su.ka.

最便宜的是哪個？

<ruby>安<rt>やす</rt></ruby>いけど<ruby>品質<rt>ひんしつ</rt></ruby>はよくない。

ya.su.i.ke.do.hi.n.shi.tsu.wa.yo.ku.na.i.

雖然便宜但是品質不好。

相關單字

<ruby>値上<rt>ね あ</rt></ruby>げ

ne.a.ge.

漲價

<ruby>値下<rt>ね さ</rt></ruby>げ

ne.sa.ge.

降價

<ruby>半額<rt>はんがく</rt></ruby>

ha.n.ka.ku.

半價

セール

se.e.ru.

促銷拍賣

<ruby>品質<rt>ひんしつ</rt></ruby>

hi.n.shi.tsu.

品質

少し安くしてもらえませんか？

すこ やす

su.ko.shi.ya.su.ku.shi.te.mo.ra.e.ma.se.n.ka.

可以算便宜一點嗎？

說明

在日本消費時，其實通常都是不太能殺價的，但是如果大量購物或是真的預算不足等時候，可以用此句來詢問看看。

實用會話

A：このカバンは六千二百円ですか？

ろくせんにひゃくえん

ko.no.ka.ba.n./wa./ro.ku.se.n./ni.hya.ku.e.n.de.su.ka.

這個包包是六千兩百日圓嗎？

B：はい、そうです。

ha.i./so.u.de.su.

是的。

A：あのう、少し安くしてもらえませんか？

すこ やす

a.no.u./su.ko.shi.ya.su.ku.shi.te.mo.ra.e.ma.se.n.ka.

那個，可以算便宜一點嗎？

B：えーと、それはちょっと難しいです…

むずか

e.e.to./so.re.wa.cho.tto.mu.zu.ka.shi.i.de.su.

嗯，可能有點困難…

もう<ruby>少<rt>すこ</rt></ruby>し<ruby>安<rt>やす</rt></ruby>くなりますか？

mo.u.su.ko.shi.ya.su.ku.na.ri.ma.su.ka.

可以便宜一點嗎？

<ruby>百<rt>ひゃく</rt></ruby><ruby>円<rt>えん</rt></ruby>おまけします。

hya.ku.e.n.o.ma.ke.shi.ma.su.

便宜一百日圓給你。

ショッピング

sho.ppi.n.gu.

購物

<ruby>買<rt>か</rt></ruby>い<ruby>物<rt>もの</rt></ruby>

ka.i.mo.no.

購物

<ruby>割引<rt>わりびき</rt></ruby>

wa.ri.bi.ki.

打折

バーゲン

ba.a.ge.n.

促銷拍賣

おまけ

o.ma.ke.

減價、贈品

予算を超えてしまいました。

yo.sa.n.o.ko.e.te.shi.ma.i.ma.shi.ta.

超出預算了。

説明

「超える」是超過、超出的意思。因此在購物超出預算時可以這樣向店員表示。

實用會話

A：全部でいくらですか？
ze.n.bu.de.i.ku.ra.de.su.ka.
總共是多少錢？

B：全部で六千七百円になります。
ze.n.bu.de.ro.ku.se.n.na.na.hya.ku.e.n.ni.na.ri.ma.su.
總共是六千七百日圓。

A：あっ、ちょっと予算を超えちゃったので…。じゃ、この小さいのをやめます。
a./cho.tto.yo.sa.n.o.ko.e.cha.tta.no.de./ja./ko.no.chi.i.sa.i.no.o.ya.me.ma.su.
啊呀，超過預算了…。那這個小的先不買。

B：はい、分かりました。
ha.i./wa.ka.ri.ma.shi.ta.
好的，我知道了。

予算が足りないです。
yo.sa.n.ga.ta.ri.na.i.de.su.
預算不足。

予算はどれくらいですか？
yo.sa.n.wa.do.re.ku.ra.i.de.su.ka.
預算大概有多少？

お金
o.ka.ne.
錢

足りる
ta.ri.ru.
足夠

足りない
ta.ri.na.i.
不足

予算オーバー
yo.sa.n.o.o.ba.a.
超出預算

～をください。

o.ku.da.sa.i.

請給我～。

說明

在購物時，可以套用此句型向店員表示自己要買的東西。

實用會話

A：すみません、それはいくらですか？
su.mi.ma.se.n./so.re.wa.i.ku.ra.de.su.ka.
不好意思，請問那個多少錢？

B：これは六百円です。
ko.re.wa.ro.ppya.ku.e.n.de.su.
這個是六百日圓。

A：じゃ、それを一つください。
ja./so.re.o.hi.to.tsu.ku.da.sa.i.
那麼，請給我一個。

B：はい、分かりました。
ha.i./wa.ka.ri.ma.shi.ta.
好的，我知道了。

相關句型

これをください。
ko.re.o.ku.da.sa.i.
請給我這個。

これですか？
ko.re.de.su.ka.

是這個嗎？

^{ふた}
二つ
fu.ta.tsu.

兩個

^{みっ}
三つ
mi.ttsu.

三個

^{よっ}
四つ
yo.ttsu.

四個

^{いつ}
五つ
i.tsu.tsu.

五個

^{むっ}
六つ
mu.ttsu.

六個

～にします。

ni.shi.ma.su.

我要～。

說明

「～にする」就是指自己要選擇哪個的意思。因此在購物時，也可以這樣表示。

實用會話

A：あのう、これほかはどんな色がありますか？

a.no.u./ko.re.ho.ka.wa.do.n.na.i.ro.ga.a.ri.ma.su.ka.

那個，這個其它還有甚麼顏色？

B：ピンクとオレンジ色がありますよ。

pi.n.ku.to.o.re.n.ji.i.ro.ga.a.ri.ma.su.yo.

還有粉紅色和橘色。

A：じゃ、オレンジ色にします。

ja./o.re.n.ji.i.ro.ni.shi.ma.su.

那我要橘色的。

B：はい、少々お待ちください。

ha.i./sho.u.sho.u.o.ma.chi.ku.da.sa.i.

好的，請稍等一下。

相關句型

どれにしますか？

do.re.ni.shi.ma.su.ka.

你要哪一個？

これにします。
ko.re.ni.shi.ma.su.
我要這個。

(相關單字)

これ
ko.re.
這個（離自己近）

それ
so.re.
那個（離對方近）

あれ
a.re.
那個（離自己和對方都遠）

どっち
do.cchi.
哪個（二選一）

どれ
do.re.
哪個（三個以上選一）

～を買います。
か

o.ka.i.ma.su.

我要買～。

說明

「買う」是買的意思。而表示要買～就以此句型來表達。

實用會話

A：これは可愛いですね。
かわい
ko.re.wa.ka.wa.i.i.de.su.ne.
這個好可愛呢。

B：そうですね。今、この商品は二割引になりますよ。
いま　しょうひん　にわりびき
so.u.de.su.ne./i.ma./ko.no.sho.u.hi.n.wa.ni.wa.ri.bi.ki.ni.na.ri.ma.su.yo.
對啊，而且現在這個商品有打八折喔。

A：そうですか、じゃあ、これを買います。
か
so.u.de.su.ka./ja.a./ko.re.o.ka.i.ma.su.
這樣啊，那我要買這個。

B：はい、ありがとうございます。
ha.i./a.ri.ga.to.u.go.za.i.ma.su.
好的，謝謝您。

相關句型

何をお探しですか？
なに　　さが

na.ni.o.o.sa.ga.shi.de.su.ka.
你想要找什麼呢？

これを買いたいです。
ko.re.o.ka.i.ta.i.de.su.
我想要買這個。

（相關單字）

買う
ka.u.
買

売る
u.ru.
賣

ショッピング
sho.ppi.n.gu.
購物

買い物
ka.i.mo.no.
購物

衝動買い
sho.u.do.u.ga.i.
衝動購物

やめます。

ya.me.ma.su.

不買了。

說明

「やめる」是停止、作廢的意思。而在購物上可以用來表示不買甚麼東西的意思。

實用會話

A：全部でいくらですか？
ze.n.bu.de.i.ku.ra.de.su.ka.
總共是多少錢？

B：全部で千七百円になります。
ze.bu.de.se.n.na.na.hya.ku.e.n.ni.na.ri.ma.su.
總共是一千七百日圓。

A：すみません、やっぱりこれをやめます。
su.mi.ma.se.n./ya.ppa.ri.ko.re.o.ya.me.ma.su.
不好意思，我還是不買這個了。

B：はい。では、千三百円になります。
ha.i./de.wa./se.n.sa.n.pya.ku.e.n.ni.na.ri.ma.su.
好的，那麼這樣是一千三百日圓。

相關句型

これをやめます。
ko.re.o.ya.me.ma.su.
不買這個了。

注文した商品をキャンセルしたいです。
chu.u.mo.n.shi.ta.sho.u.hi.n.no.kya.n.se.ru.shi.ta.i.de.su.

訂購的商品可以取消嗎？

相關單字

注文
chu.u.mo.n.

訂購

購入
ko.u.nyu.u.

買進

キャンセル
kya.n.se.ru.

取消

変更
he.n.ko.u.

變更

取り消す
to.ri.ke.su.

取消、撤銷

カードで払^{はら}います。

ka.a.do.de.ha.ra.i.ma.su.

要用刷卡付帳。

說明

　　「カード」是「クレジットカード」的簡稱，是指信用卡的意思。結帳時要刷卡就可以這樣表示。

實用會話

A：会計^{かいけい}をお願^{ねが}いします。
ka.i.ke.i.o.o.ne.ga.i.shi.ma.su.
麻煩結帳。

B：はい、全部^{ぜんぶ}で一万二千円^{いちまんにせんえん}になります。
ha.i./ze.n.bu.de.i.chi.ma.n.ni.se.n.e.n.ni.na.ri.ma.su.
好的，總共是一萬兩千日圓。

A：カードで払^{はら}います。
ka.a.do.de.ha.ra.i.ma.su.
我要刷卡。

B：はい、少々^{しょうしょう}お待^まちください。
ha.i./sho.u.sho.u.o.ma.chi.ku.da.sa.i.
好的，請稍等一下。

相關句型

カードでお願^{ねが}いします。
ka.a.do.de.o.ne.ga.i.shi.ma.su.
麻煩用刷卡。

カードが使えますか？
ka.a.do.ga.tsu.ka.e.ma.su.ka.
能刷卡嗎？

相關單字

お会計
o.ka.i.ke.i.
結帳

支払う
shi.ha.ra.u.
付帳

現金
ge.n.ki.n.
現金

キャッシュ
kya.sshu.
現金

御つり
o.tsu.ri.
找零

別々で包んでください。

be.tsu.be.tsu.de.tsu.tsu.n.de.ku.da.sa.i.

請分開包裝。

說明

　　購物時，如果需要將商品分開包裝的時候，就可以這樣告知店員。

實用會話

A：会計をお願いします。
ka.i.ke.i.o.o.ne.ga.i.shi.ma.su.
請麻煩結帳。

B：はい、全部で千二百円になります。
ha.i./ze.n.bu.de.se.n.ni.hya.ku.en.ni.na.ri.ma.su.
好的，總共是一千兩百日圓。

A：この二つを別々に包んでください。
ko.no.fu.ta.tsu.o.be.tsu.be.tsu.ni.tsu.tsu.de.ku.da.sa.i.
麻煩這兩個分開包裝。

B：はい、少々お待ちください。
ha.i./sho.u.sho.u.o.ma.chi.ku.da.sa.i.
好的，請稍等。

相關句型

きれいにラッピングしてください。

ki.re.i.ni.ra.ppi.n.gu.shi.te.ku.da.sa.i.

請幫我包裝得漂亮一點。

ラッピングは有料ですか？

ra.ppi.n.gu.wa.yu.u.ryo.u.de.su.ka.

包裝是有收費嗎？

相關單字

一緒に

i.ssho.ni.

一起

包装

ho.u.so.u.

包裝

無料

mu.ryo.u.

免費

有料

yu.u.ryo.u.

收費

リボン

ri.bo.n.

緞帶

シール

shi.i.ru.

貼紙

レシートをください。

re.shi.i.to.o.ku.da.sa.i.

請給我收據。

說明

在日本購物時，並不是每家店一定會給收據，所以當需要收據的時候，就可以以這句向店員索取。

實用會話

A：全部で八百円になります。
ze.n.bu.de.ha.ppya.ku.e.n.ni.na.ri.ma.su.
總共是八百日圓。

B：はい。あのう、レシートをください。
ha.i./a.no.u./re.shi.i.to.o.ku.da.sa.i.
好的。那個，請給我收據。

A：はい、どうぞ。
ha.i./do.u.zo.
好的，給你。

B：どうも。
do.u.mo.
謝謝。

相關句型

レシートは要りますか？
re.shi.i.to.wa.i.ri.ma.su.ka.
需要收據嗎？

レシートは要らないです。
re.shi.i.to.wa.i.ra.na.i.de.su.

不需要收據。

領収書
ryo.u.shu.u.sho.

收據

明細
me.i.sa.i.

明細

金額
ki.n.ga.ku.

金額

合計
go.u.ke.i.

合計

お預かり
o.a.zu.ka.ri.

收存、保管（付的錢）

お釣り
o.tsu.ri.

找零

計算が間違ってるみたいです。

けいさん　まちが

ke.i.sa.n.ga.ma.chi.ga.tte.ru.mi.ta.i.de.su.

錢好像算錯了。

說明

在購物結帳時，發現店員結帳的價錢和實際的金額不對時，就可以用此句來向店員指正。

實用會話

A：全部で六百二十円になります。
ぜんぶ　ろっぴゃくにじゅうえん

ze.n.bu.de.ro.ppya.ku.ni.ju.u.e.n.ni.na.ri.ma.su.

總共是六百二十日圓。

B：えっ、あのう、計算が間違ってるみたいです。
けいさん　まちが

e./a.no.u./ke.i.sa.n.ga.ma.chi.ga.tte.ru.mi.ta.i.de.su.

咦，那個錢好像算錯了。

A：あっ、すみません。全部で五百二十円です。
ぜんぶ　ごひゃくにじゅうえん

a./su.mi.ma.se.n./ze.n.bu.de.go.hya.ku.ni.ju.u.e.n.de.su.

啊，不好意思，總共是五百二十日圓。

B：はい。

ha.i.

好的。

相關句型

店員が会計を間違えました。
te.n.i.n.ga.ka.i.ke.i.o.ma.chi.ga.e.ma.shi.ta.
店員算錯錢了。

この商品は買っていません。
ko.no.sho.u.hi.n.wa.ka.tte.i.ma.se.n.
我沒有買這個商品。

相關單字

会計	引く
ka.i.ke.i.	hi.ku.
付款	**減**
問題	
mo.n.da.i.	
問題	
正しい	
ta.da.shi.i.	
正確的	
間違い	
ma.chi.ga.i.	
錯誤	
足す	
ta.su.	
加	

賞味期間はいつまでですか？

しょうみきかん

sho.u.mi.ki.ka.n.wa.i.tsu.ma.de.de.su.ka.

賞味期限到甚麼時候？

説明

　　日本的食品通常會標示保存期限，而若是有不清楚
商品的保存期限到甚麼時候就可以這樣詢問。

實用會話

A：あのう、このお菓子の賞味期間はいつま
でですか？
a.no.u./ko.no.o.ka.shi.no.sho.u.mi.ki.ka.n.wa.i.tsu.
ma.de.de.su.ka.
那個，這個點心的賞味期限到甚麼時候？

B：来週の日曜日です。
ra.i.shu.u.no.ni.chi.yo.u.bi.de.su.
到下星期日。

A：分かりました。ありがとう。
wa.ka.ri.ma.shi.ta./a.ri.ga.to.u.
我知道了，謝謝。

B：どういたしまして。
do.u.i.ta.shi.ma.shi.te.

不客氣。

保存期間はどのくらいですか？
ほぞんきかん
ho.zo.n.ki.ka.n.wa.do.no.ku.ra.i.de.su.ka.
保存期限有多久？

保存期間は一ヶ月ぐらいです。
ほぞんきかん　いっかげつ
ho.zo.n.ki.ka.n.wa.i.kka.ge.tsu.gu.ra.i.de.su.
保存期限大概有一個月。

食品
しょくひん
sho.ku.hi.n.
食品

冷蔵
れいぞう
re.i.zo.u.
冷藏

食べ物
た　もの
ta.be.mo.no.
食物

飲み物
の　もの
no.mi.mo.no.
飲料

防腐剤
ほうふざい
ho.u.fu.za.i.
防腐劑

冷凍
れいとう
re.i.to.u.
冷凍

へんぴん
返品できますか？

he.n.pi.n.de.ki.ma.su.ka.

請問可以退貨嗎？

說明

「返品」是退貨的意思。日本商店並不是每家店都能接受退貨，所以購物前務必三思，但若遇到需要退貨的情況時就利用此句來表達。

實用會話

へんぴん
A：すみません、これを返品できますか？
su.mi.ma.se.n./ko.re.o.he.n.pi.n.de.ki.ma.su.ka.
不好意思，這個可以退貨嗎？

B：はい、できます。レシートをお持ちですか？
ha.i./de.ki.ma.su./re.shi.i.to.o.o.mo.chi.de.su.ka.
可以的。請問有帶收據嗎？

A：はい、これです。
ha.i./ko.re.de.su.
有，這個。

しょうしょう　　ま
B：はい、少々お待ちください。
ha.i./sho.u.sho.u.o.ma.chi.ku.da.sa.i.
好的，請稍等一下。

相關句型

へんぴん
これを返品したいんですが、できますか？

ko.re.o.he.n.pi.n.shi.ta.i.n.de.su.ga./de.ki.ma.su.ka.

我想要退還這個商品，可以嗎？

弊店では返品を受け付けることができません。

he.i.te.n.de.wa.he.n.pi.n.o.u.ke.tsu.ke.ru.ko.to.ga.de.ki.ma.se.n.

本店沒有接受退貨的服務。

（相關單字）

不良品
fu.ryo.u.hi.n.

瑕疵品

変更
he.n.ko.u.

更換

キャンセル
kya.n.se.ru.

取消

領収書
ryo.u.shu.u.sho.

收據

レシート
re.shi.i.to.

收據

営業時間は何時から何時までですか？

えいぎょうじかん　なんじ　なんじ

e.i.gyo.u.ji.ka.n.wa.na.n.ji.ka.ra.
na.n.ji.ma.de.de.su.ka.

營業時間從幾點到幾點？

說明

想要向任何店家確認營業時間時，就可以這樣提問。

實用會話

A：あのう、営業時間は何時から何時までですか？

えいぎょうじかん　なんじ　なんじ

a.no.u./e.i.gyo.u.ji.ka.n.wa.na.n.ji.ka.ra.na.n.ji.ma.de.
de.su.ka.

那個，請問營業時間從幾點到幾點？

B：朝十時から夜七時までです。

あさじゅうじ　よるしちじ

a.sa.ju.u.ji.ka.ra.yo.ru.shi.chi.ji.ma.de.de.su.

從早上十點到晚上七點。

A：分かりました。ありがとうございます。

わ

wa.ka.ri.ma.shi.ta./a.ri.ga.to.u.go.za.i.ma.su.

我知道了，謝謝。

B：どういたしまして。

do.u.i.ta.shi.ma.shi.te.

不客氣。

何時から開店ですか？
na.n.ji.ka.ra.ka.i.te.n.de.su.ka.

幾天開始營業？

今日は何時に閉まりますか？
kyo.u.wa.na.n.ji.ni.shi.ma.ri.ma.su.ka.

今天幾點打烊？

相關單字

オープン
o.o.pu.n.

開店

開店
ka.i.te.n.

開店

閉店
he.i.te.n.

打烊

営業中
e.i.gyo.u.chu.u.

營業中

準備中
ju.n.bi.chu.u.

準備中

これはどこ製ですか？

ko.re.wa.do.ko.se.i.de.su.ka.

這個是哪裡製的？

說明

這裡的「製」就是「製造」的意思，而在購物時想要確認商品的製造處的話，就可以這樣詢問。

實用會話

A：すみません、この腕時計はどこ製ですか？

su.mi.ma.se.n./ko.no./u.de.do.ke.i.wa.do.ko.se.i.de.
su.ka.

不好意思，請問這個手錶是哪裡製造的？

B：これはドイツ製です。

ko.re.wa.do.i.tsu.se.i.de.su.

這個是德國製的。

A：スイス製のはありませんか？

su.i.su.se.i.no.wa.a.ri.ma.se.n.ka.

有瑞士製的嗎？

B：スイス製のはこれですよ。

su.i.su.se.i.no.wa.ko.re.de.su.yo.

瑞士製的是這個唷。

相關句型

この果物はどこ産ですか？

ko.no.ku.da.mo.no.wa.do.ko.sa.n.de.su.ka.

這個水果是哪裡產的？

これは<ruby>日本産<rt>にっぽんさん</rt></ruby>です。

ko.re.wa.ni.ppo.n.sa.n.de.su.

這個是日本產。

相關單字

<ruby>製造<rt>せいぞう</rt></ruby>

se.i.zo.u.

製造

<ruby>生産<rt>せいさん</rt></ruby>

se.i.sa.n.

生產

<ruby>国<rt>くに</rt></ruby>

ku.ni.

國家

<ruby>県<rt>けん</rt></ruby>

ke.n.

縣

<ruby>輸入<rt>ゆにゅう</rt></ruby>

yu.nyu.u.

輸入

<ruby>輸出<rt>ゆしゅつ</rt></ruby>

yu.shu.tsu.

出口

余分に 紙 袋 をもらえますか？

よぶん　かみぶくろ

yo.bu.n.ni.ka.mi.bu.ku.ro.o.mo.ra.e.ma.su.ka.

可以給我多的紙袋嗎？

説明

「余分」是指多餘的、額外的意思。因此在購物有需要另外多的袋子時，就可以以此句詢問。

實用會話

A：これで二千百円になります。

にせんひゃくえん

ko.re.de.ni.se.n.hya.ku.e.n.ni.na.ri.ma.su.

這樣是兩千一百日圓。

B：はい。あのう、余分に 紙 袋 をもらえますか？

よぶん　かみぶくろ

ha.i./a.no.u./yo.bu.n.ni.ka.mi.bu.ku.ro.o.mo.ra.e.ma.su.ka.

好的，那個請問可以給我多的紙袋嗎？

A：はい、どうぞ。

ha.i./do.u.zo.

好的，這給你。

B：ありがとうございます。

a.ri.ga.to.u.go.za.i.ma.su.

謝謝。

相關句型

袋 をもう一枚ください。
fu.ku.ro.o.mo.u.i.chi.ma.i.ku.da.sa.i.
請再給我一個袋子。

袋 はお持ちですか？
fu.ku.ro.wa.o.mo.chi.de.su.ka.
請問有帶袋子嗎？

相關單字

ショッピングバッグ
sho.ppi.n.gu.ba.ggu.
購物袋

箱
ha.ko.
箱子

ショッピングカート
sho.ppi.n.gu.ka.a.to.
購物推車

ビニール 袋
bi.ni.i.ru.bu.ku.ro.
塑膠袋

包装
ho.u.so.u.
包裝

袋
fu.ku.ro.
袋子

基本 要會的
日語 便利句

CHAPTER.05

用餐篇

何名様ですか？

なんめいさま

na.n.me.i.sa.ma.de.su.ka.

請問有幾位？

說明

　　這是店家對於詢問客人有幾人的尊稱。「何名」就是有幾名、幾位的意思，而「樣」是尊稱用法。

實用會話

Ａ：何名様ですか？
なんめいさま
na.n.me.i.sa.ma.de.su.ka.
請問有幾位？

Ｂ：一人です。
ひとり
hi.to.ri.de.su.
一個人。

Ａ：かしこまりました。こちらへどうぞ。
ka.shi.ko.ma.ri.ma.shi.ta./ko.chi.ra.e.do.u.zo.
明白了，這邊請。

Ｂ：はい。
ha.i.
好的。

相關句型

いらっしゃいませ。
i.ra.ssha.i.ma.se.
歡迎光臨

お客様、何名様ですか？

o.kya.ku.sa.ma./na.n.me.i.sa.ma.de.su.ka.

請問客人有幾名？

お客様

o.kya.ku.sa.ma.

客人（店家用的尊稱）

二人

fu.ta.ri.

兩人

三人

sa.n.ni.n.

三人

四人

yo.ni.n.

四人

五人

go.ni.n.

五人

六人

ro.ku.ni.n.

六人

こちらでお召し上がりですか？

ko.chi.ra.de.o.me.shi.a.ga.ri.de.su.ka.

請問是內用嗎？

説明

這是店家對客人所使用的敬語。「召し上がる」就是「吃」的敬語，表是對客人尊稱。

實用會話

A：こちらでお召し上がりですか？
ko.chi.ra.de.o.me.shi.a.ga.ri.de.su.ka.
請問是內用嗎？

B：はい。そうです。
ha.i./so.u.de.su.
是的。

A：何名様ですか？
na.n.me.i.sa.ma.de.su.ka.
請問有幾名？

B：二人です。
fu.ta.ri.de.su.
兩個人。

相關句型

お持ち帰りですか？

o.mo.chi.ka.e.ri.de.su.ka.

請問是要外帶嗎？

お持ち帰りはできますか？

o.mo.chi.ka.e.ri.wa.de.ki.ma.su.ka.

請問可以外帶嗎？

飲食店
i.n.sho.ku.te.n.

餐飲店

店内
te.n.na.i.

店內

メニュー
me.nyu.u.

菜單

注文
chu.u.mo.n.

點單

テイクアウト
te.i.ku.a.u.to.

外帶

メニューをください。

me.nyu.u.o.ku.da.sa.i.

請給我菜單。

說明

「メニュー」是從英文轉變而來的外來語，在餐飲方面時就是菜單的意思。

實用會話

A：あのう、すみません。
a.no.u./su.mi.ma.se.n.
那個不好意思。

B：はい。
ha.i.
是的。

A：メニューをください。
me.nyu.u.o.ku.da.sa.i.
請給我菜單。

B：はい、少々お待ちください。
ha.i./sho.u.sho.u.o.ma.chi.ku.da.sa.i.
好的，請稍等一下。

相關句型

メニューはどこですか？
me.nyu.u.wa.do.ko.de.su.ka.
菜單在哪裡？

メニューはありますか？

me.nyu.u.wa.a.ri.ma.su.ka.

有菜單嗎？

相關單字

食_たべ物_{もの}

ta.be.mo.no.

食物

飲_のみ物_{もの}

no.mi.mo.no.

飲料

デザート

de.za.a.to.

點心

セット

se.tto.

套餐

食_たべ放題_{ほうだい}

ta.be.ho.u.da.i.

吃到飽

飲_のみ放題_{ほうだい}

no.mi.ho.u.da.i.

喝到飽

注文をお願いします。

chu.u.mo.n.o.o.ne.ga.i.shi.ma.su.

麻煩我要點餐。

說明

「注文」就是點餐、訂購的意思。而當決定好餐點時就可以這樣跟服務生說。

實用會話

A：すみません、注文をお願いします。
su.mi.ma.se.n./chu.u.mo.n.o.o.ne.ga.i.shi.ma.su.
不好意思，我要點餐。

B：はい、何になさいますか？
ha.i./na.ni.ni.na.sa.i.ma.su.ka.
好的，請問需要些甚麼？

A：このセットを一つください。
ko.no.se.tto.o.hi.to.tsu.ku.da.sa.i.
請給我一個這個套餐。

B：かしこまりました。
ka.shi.ko.ma.ri.ma.shi.ta.
明白了。

相關句型

お飲み物はどうなさいますか？
o.no.mi.mo.no.wa.do.u.na.sa.i.ma.su.ka.
請問飲料需要些甚麼？

ほかにご注文はございませんか。
ho.ka.ni.go.chu.u.mo.n.wa.go.za.i.ma.se.n.ka.
有其它想要點的餐點嗎？

相關單字

メニュー
me.nyu.u.
菜單

オーダー
o.o.da.a.
點餐

キャンセル
kya.n.se.ru.
取消

後で
a.to.de.
等一下

お勧め
o.su.su.me.
推薦

お勧めは何ですか？

o.su.su.me.wa.na.n.de.su.ka.

推薦的是甚麼？

說明

「お勧め」就是推薦的意思，而在購物或是用餐時，都可以這樣向店員詢問該店的人氣商品或料理。

實用會話

A：ご注文はお決まりでしょうか？

go.chu.u.mo.n.wa.o.ki.ma.ri.de.sho.u.ka.

請問決定好要點甚麼了嗎？

B：えーと、お勧めは何ですか？

e.e.to./o.su.su.me.wa.na.n.de.su.ka.

嗯…，推薦的是甚麼？

A：どれもおいしいですけど、このセットが
お勧めですよ。

do.re.mo.o.i.shi.i.de.su.ke.do./ko.no.se.tto.ga.o.su.
su.me.de.su.yo.

每一道料理都很好吃喔，而我推薦這個套餐。

B：そうですか、じゃ、このセットにします。

so.u.de.su.ka./ja./ko.no.se.tto.ni.shi.ma.su.

這樣啊，那我就點這個套餐。

相關句型

今日のお勧め料理は何ですか？

kyo.u.no.o.su.su.me.ryo.u.ri.wa.na.n.de.su.ka.

今天推薦的料理是甚麼？

お勧めはありますか？

o.su.su.me.wa.a.ri.ma.su.ka.

有推薦的嗎？

相關單字

お品書き
o.shi.na.ga.ki.

菜單

人気
ni.n.ki.

人氣

定番
te.i.ba.n.

招牌菜

定食
te.i.sho.ku.

套餐

うまい
u.ma.i.

好吃

まずい
ma.zu.i.

難吃

これはどこの国の料理ですか？

ko.re.wa.do.ko.no.ku.ni.no.ryo.u.ri.
de.su.ka.

這個是哪國的料理？

說明

　　去餐廳用餐時，不清楚菜單上的料理是哪國菜時，就可以這麼問。

實用會話

Ａ：すみません、この料理はどこの国の料理ですか？
su.mi.ma.se.n./ko.no.ryo.u.ri.wa.do.ko.no.ku.ni.no.ryo.u.ri.de.su.ka.

不好意思，這是哪國的料理？

Ｂ：これは韓国の料理です。ビビンバです。
ko.re.wa.ka.n.ko.ku.no.ryo.u.ri.de.su./bi.bi.n.ba.de.su.

這個是韓國料理，是韓式拌飯。

Ａ：そうですか、じゃあ、これにします。
so.u.de.su.ka./ja.a./ko.re.ni.shi.ma.su.

這樣啊，那我要點這個。

Ｂ：はい、分かりました。
ha.i./wa.ka.ri.ma.shi.ta.

好的，我知道了。

相關句型

どんな料理が好きですか？
do.n.na.ryo.u.ri.ga.su.ki.de.su.ka.
喜歡甚麼的料理？

これはどんな料理ですか？
ko.re.wa.do.n.na.ryo.u.ri.de.su.ka.
這個是怎樣的料理？

相關單字

イタリア
i.ta.ri.a.
義大利

韓国
ka.n.ko.ku.
韓國

フランス
fu.ra.n.su.
法國

インド
i.n.do.
印度

ベトナム
be.to.na.mu.
越南

タイ
ta.i.
泰國

これはセットですか？

ko.re.wa.se.tto.de.su.ka.

這個是套餐嗎？

說明

　　「セット」這個字在菜單裡的話，就是套餐的意思。因此可以在點餐時向服務生問清楚餐點是否為套餐。

實用會話

A：これはセットですか？
ko.re.wa.se.tto.de.su.ka.
這個是套餐嗎？

B：これは単品です。プラス二百円でセットにもできます。
ko.re.wa.ta.n.pi.n.de.su./pu.ra.su.ni.hya.ku.e.n.de.se.tto.
ni.mo.de.ki.ma.su.
這個是單點，如果是套餐的話要另外加兩百日圓。

A：じゃあ、セットにします。
ja.a./se.tto.ni.shi.ma.su.
那麼，我要點套餐。

B：はい、かしこまりました。
ha.i./ka.shi.ko.ma.ri.ma.shi.ta.
好的，我明白了。

相關句型

これは単品ですか？

ko.re.wa.ta.n.pi.n.de.su.ka.

這個是單點嗎？

セットだといくらですか？

se.tto.da.to.i.ku.ra.de.su.ka.

套餐的話要多少錢？

 相關單字

しゅしょく
主食

shu.sho.ku.

主餐

ごはん

go.ha.n.

飯

み そ しる
味噌汁

mi.so.shi.ru.

味噌湯

サラダ

sa.ra.da.

莎拉

ドリンク

do.ri.n.ku.

飲料

デザート

de.za.a.to.

甜點

お飲み物は何がよろしいでしょうか？

o.no.mi.mo.no.wa.na.ni.ga.yo.ro.shi.i.de.sho.u.ka.

請問要點甚麼飲料？

說明

「お飲み物」就是飲料的意思，而通常服務生會以此句來詢問需要點甚麼飲料。

實用會話

A：このセットを一つください。
ko.no.se.tto.o.hi.to.tsu.ku.da.sa.i.
請給我一個這個套餐。

B：はい。お飲み物は何がよろしいでしょうか？
ha.i./o.no.mi.mo.no.ga.na.ni.ga.yo.ro.shi.i.de.sho.u.ka.
好的，請問要點甚麼飲料？

A：オレンジジュースです。
o.re.n.ji.ju.u.su.de.su.
我要柳橙汁。

B：はい。かしこまりました。
ha.i./ka.shi.ko.ma.ri.ma.shi.ta.
好的，我知道了。

お飲み物はいかがですか？
o.no.mi.mo.no.wa.i.ka.ga.de.su.ka.
需要點飲料嗎？

お飲み物は何になさいますか？
o.no.mi.mo.no.wa.na.ni.ni.na.sa.i.ma.su.ka.
請問要點甚麼飲料呢？

相關單字

カルピス
ka.ru.pi.su.
可爾必思

紅茶
ko.u.cha.
紅茶

ウーロン茶
u.u.ro.n.cha.
烏龍茶

コーラ
ko.o.ra.
可樂

コーヒー
ko.o.hi.i.
咖啡

ミルクティー
mi.ru.ku.ti.i.
奶茶

デザートは何になさいますか？

de.za.a.to.wa.na.ni.ni.na.sa.i.ma.su.ka.

要點甚麼甜點？

說明

「デザート」是從英文轉變而來，指的就是甜點、點心的意思。

實用會話

A：デザートは何になさいますか？
de.za.a.to.wa.na.ni.ni.na.sa.i.ma.su.ka.
請問甜點要點些甚麼？

B：お勧めはありませんか？
o.su.su.me.wa.a.ri.ma.se.n.ka.
有沒有推薦的？

A：当店人気ナンバーワンはこれになります。
to.u.te.n.ni.n.ki.na.n.ba.a.wa.n.wa.ko.re.ni.na.ri.ma.su.
我們店裡最人氣的甜點是這個。

B：じゃあ、これにします。
ja.a./ko.re.ni.shi.ma.su.
那我要這個。

デザートはありますか？
de.za.a.to.wa.a.ri.ma.su.ka.

有甜點嗎？

デザートは別腹。
de.za.a.to.wa.be.tsu.ba.ra.

甜點是另一個胃。

アイスクリーム
a.i.su.ku.ri.i.mu.

冰淇淋

ケーキ
ke.e.ki.

蛋糕

ティラミス
ti.ra.mi.su.

提拉米蘇

プリン
pu.ri.n.

布丁

パフェ
pa.fe.

芭菲

シュークリーム
shu.u.ku.ri.i.mu.

泡芙

私 は～が食べられません。
wa.ta.shi.wa./ga.ta.be.ra.re.ma.se.n.
我不能吃～。

說明

是由「食べる」變化而來的，表示不能吃、無法吃的意思。可用於再用餐時，向服務生表明清楚自己無法吃的食材。

實用會話

A：すみませんが、私 は牛肉が食べられませんので、ほかの料理はありませんか？
su.mi.ma.se.n.ga./wa.ta.shi.wa.gyu.u.ni.ku.ga.ta.be.ra.re.ma.se.n.no.de./ho.ka.no.ryo.u.ri.wa.a.ri.ma.se.n.ka.

不好意思，因為我不能吃牛肉，所以有沒有其它的料理呢？

B：では、こちらのセットはいかがでしょうか？これは豚肉の料理になります。
de.wa./ko.chi.ra.no.se.tto.wa.i.ka.ga.de.sho.u.ka./ko.re.wa.bu.ta.ni.ku.no.ryo.u.ri.ni.na.ri.ma.su.

這樣呀，那麼這個套餐怎麼樣呢？這個是豬肉的料理。

相關句型

海鮮料理が食べられません。

ka.i.se.n.ryo.u.ri.ga.ta.be.ra.re.ma.se.n.

不能吃海鮮料理。

アレルギーで 卵 が食べられません。
a.re.ru.gi.i.de.ta.ma.go.ga.ta.be.ra.re.ma.se.n.

因為過敏而無法吃蛋。

相關單字

アレルギー
a.re.ru.gi.i.

過敏

ベジタリアン
be.ji.ta.ri.a.n.

素食主義者

かに
ka.ni.

螃蟹

海老
e.bi.

蝦子

ラム
ra.mu.

羊肉

納豆
na.tto.u.

納豆

～を～抜きでお願いします。

o./nu.ki.de.o.ne.ga.i.shi.ma.su.

請不要放入～。

（說明）

　　用來向服務生要求不要在料理裡面加辣或放甚麼自己不能吃的東西時，就可以套用此句型。

（實用會話）

A：すみません。
su.mi.ma.se.n.
不好意思。

B：はい。
ha.i.
是的。

A：私は辛いものが苦手なので、この料理を唐辛子抜きでお願いします。
wa.ta.shi.wa.ka.ra.i.mo.no.ga.ni.ga.te.na.no.de./ko.no.
ryo.u.ri.o.to.u.ga.ra.shi.i.nu.ki.de.o.ne.ga.i.shi.ma.su.
因為我不太能吃辣，所以請不要在這個料理裡面加辣。

B：はい、かしこまりました。
ha.i./ka.shi.ko.ma.ri.ma.shi.ta.
好的，我知道了。

唐辛子を入れないでくれませんか？

<ruby>唐<rt>とう</rt></ruby><ruby>辛<rt>がらし</rt></ruby><ruby>子<rt>い</rt></ruby>

to.u.ga.ra.shi.o.i.re.na.i.de.ku.re.ma.se.n.ka.

可以不要加辣嗎？

コーヒーを砂糖抜きでお願いします。

<ruby>砂糖抜<rt>さとうぬ</rt></ruby> <ruby>願<rt>ねが</rt></ruby>

ko.o.hi.i.o.sa.to.u.nu.ki.de.o.ne.ga.i.shi.ma.su.

請不要在咖啡裡面加糖。

玉ねぎ
たま
ta.ma.ne.gi.
洋蔥

にんじん
ni.n.ji.n.
紅蘿蔔

胡椒
こしょう
ko.sho.u.
胡椒

にんにく
ni.n.ni.ku.
大蒜

パクチー
pa.ku.chi.i.
香菜

トマト
to.ma.to.
蕃茄

これを包んでもらえませんか？

ko.re.o.tsu.tsu.de.mo.ra.e.ma.se.n.ka.

能幫我把這個打包嗎？

説明

在外用餐吃不完想打包的時候，就可以用此句型向服務生反應。不過有些店家會怕會影響食物的品質而不接受打包、或是吃到飽的餐廳吃剩時會有罰錢的情況，所以要先問清楚。

實用會話

A：すみません。
su.mi.ma.se.n.
不好意思。

B：はい。
ha.i.
是的。

A：食べきれないので、これを包んでもらえませんか？
ta.be.ki.re.na.i.no.de./ko.re.o.tsu.tsu.n.de.mo.ra.e.ma.se.n.ka.
因為我吃不完，能幫我打包嗎？

B：はい、少々お待ちください。

ha.i./sho.u.sho.u.o.ma.chi.ku.da.sa.i.

好的，請稍等一下。

量 が多すぎて食べ切れません。
ryo.u.ga.o.o.su.gi.te.ta.be.ki.re.ma.se.n.

量太多了吃不完。

食べ残し
ta.be.no.ko.shi.

吃剩的食物

持ち帰る
mo.chi.ka.e.ru.

外帶

食べ放題
ta.be.ho.u.da.i.

吃到飽

飲み放題
no.mi.ho.u.da.i.

喝到飽

バイキング
ba.i.ki.n.gu.

自助餐式吃到飽

罰金
ba.kki.n.

罰款

この料理は辛いですか？

ko.no.ryo.u.ri.wa.ka.ra.i.de.su.ka.

這個料理會辣嗎？

說明

「辛い」就是辣的意思。可以套用此句型來詢問餐點的味道是否符合自己的口味。

實用會話

A：この料理は辛いですか？
ko.no.ryo.u.ri.wa.ka.ra.i.de.su.ka.
這道料理會辣嗎？

B：この料理は辛くないです。辛いものがお好きですか？
ko.no.ryo.u.ri.wa.ka.ra.ku.na.i.de.su./ka.ra.i.mo.no.ga.o.su.ki.de.su.ka.
這道料理不會辣。請問是喜歡辣的料理嗎？

A：はい。
ha.i.
對。

B：では、この料理がお勧めです。
de.wa./ko.no.ryo.u.ri.ga.o.su.su.me.de.su.
那麼，我推薦這個料理。

相關句型

辛くない料理はありませんか？

ka.ra.ku.na.i.ryo.u.ri.wa.a.ri.ma.se.n.ka.

有沒有不辣的料理？

<ruby>一番<rt>いちばん</rt></ruby>辛い <ruby>料理<rt>りょうり</rt></ruby>は<ruby>何<rt>なん</rt></ruby>ですか？

i.chi.ba.n.ka.ra.i.ryo.u.ri.wa.na.n.de.su.ka.

最辣的料理是甚麼？

相關單字

甘<rt>あま</rt>い

a.ma.i.

甜的

酸<rt>す</rt>っぱい

su.ppa.i.

酸的

塩辛<rt>しおから</rt>い

shi.o.ka.ra.i.

鹹的

調味料<rt>ちょうみりょう</rt>

cho.u.mi.ryo.u.

調味料

醤油<rt>しょうゆ</rt>

sho.u.yu.

醬油

酢<rt>す</rt>

su.

醋

この料理は何人分ですか？

ko.no.ryo.u.ri.wa.na.n.ni.n.bu.n.de.su.ka.

這個料理是幾人份的？

說明

「何人分」就是幾人份的意思，可用在詢問餐點的量是可以多少人用的時候。

實用會話

A：すみません、この料理は何人分ですか？
su.mi.ma.se.n./ko.no.ryo.u.ri.wa.na.n.ni.n.bu.n.de.su.ka.
不好意思，這個料理是幾人份的？

B：これは二人分です。
ko.re.wa.fu.ta.ri.bu.n.de.su.
這是兩人份的。

A：そうですか、じゃあ、これを一つください。
so.u.de.su.ka./ja.a./ko.re.o.hi.to.tsu.ku.da.sa.i.
這樣啊，那給請給我一個這個料理。

B：はい、分かりました。
ha.i./wa.ka.ri.ma.shi.ta.
好的，我知道了。

この料理はどのくらいの 量 ですか？

ko.no.ryo.u.ri.wa.do.no.ku.ra.i.no.ryo.u.de.su.ka.

這個料理的量大概有多少？

この料理は何人前ですか？

ko.no.ryo.u.ri.wa.na.n.ni.n.ma.e.de.su.ka.

這道菜是幾人份的？

相關單字

一人分

hi.to.ri.bu.n.

一人份

二人分

fu.ta.ri.bu.n.

兩人份

三人分

sa.n.ni.n.bu.n.

三人份

一人前

i.chi.ni.n.ma.e.

一人份

二人前

ni.ni.n.ma.e.

兩人份

三人前

sa.n.ni.n.ma.e.

三人份

ライスは大盛にしてください。

ra.i.su.wa.o.o.mo.ri.ni.shi.te.ku.da.sa.i.

請給我大碗的飯。

說明

「大盛」是大碗的意思。日本的餐廳通常可以選擇餐點的大小，而當想要吃大碗白飯時，就可以這樣說。

實用會話

A：ご注文はお決まりでしょうか？

go.chu.u.mo.n.wa.o.ki.ma.ri.de.sho.u.ka.

請問決定好要點甚麼了嗎？

B：はい。カレーライスをお願いします。あと、ライスは大盛にしてください。

ha.i./ka.re.e.ra.i.su.o.o.ne.ga.i.shi.ma.su./a.to./ra.i.su.wa.o.o.mo.ri.ni.shi.te.ku.da.sa.i.

嗯，我要咖哩飯。然後請給我大碗的飯。

A：はい、分かりました。少々お待ちください。

ha.i./wa.ka.ri.ma.shi.ta./sho.u.sho.u.o.ma.chi.ku.da.sa.i.

好的，我知道了，請稍等一下。

相關句型

ご飯のおかわりは無料ですか？
go.ha.n.no.o.ka.wa.ri.wa.mu.ryo.u.de.su.ka.
請問白飯是無限供應嗎？

ライスの量はどうなさいますか？
ra.i.su.no.ryo.u.wa.do.u.na.sa.i.ma.su.ka.
請問白飯的量要多少？

相關單字

有料
yu.u.ryo.u.
收費

ミニ
mi.ni.
小碗

並
na.mi.
普通、中等

大盛
o.o.mo.ri.
大碗

特盛
to.ku.mo.ri.
特大碗

ご飯
go.ha.n.
白飯

ご飯のおかわりできますか？

go.ha.n.no.o.ka.wa.ri.de.ki.ma.su.ka.

白飯可以續碗嗎？

説明

「おかわり」在這裡是續碗、再一碗的意思，因此在餐廳時可以用此句詢問是否可以續碗。

實用會話

A：すみません、ご飯のおかわりできますか？
su.mi.ma.se.n./go.ha.n.no.o.ka.wa.ri.de.ki.ma.su.ka.
不好意思，白飯可以續碗嗎？

B：はい、できますよ。
ha.i./de.ki.ma.su.yo.
可以喔！

A：お願いします。
o.ne.ga.i.shi.ma.su.
麻煩你了。

A：はい、少々お待ちください。
ha.i./sho.u.sho.u.o.ma.chi.ku.da.sa.i.
好的，請稍等。

相關句型

コーヒーのおかわりできますか？
ko.o.hi.i.no.o.ka.wa.ri.de.ki.ma.su.ka.
咖啡可以續杯嗎？

ご飯のおかわり自由です。
go.ha.n.no.o.ka.wa.ri.ju.yu.u.de.su.
白飯是免費續碗的。

（相關單字）

味噌汁
mi.so.shi.ru.
味噌湯

ジュース
ju.u.su.
果汁

ドリンク
do.ri.n.ku.
飲料

サラダ
sa.ra.da.
沙拉

ラーメン
ra.a.me.n.
拉麵

替玉
ka.e.da.ma.
加麵

お皿をもう一枚ください。

o.sa.ra.o.mo.u.i.chi.ma.i.ku.da.sa.i.

請再給我一個盤子。

說明

在餐廳用餐時，想要跟服務生多拿一個碗、盤子或筷子等時，可以套用此句型。但是要注意前面的單位量詞。細長狀的用「本」來數，但是筷子的話則用「膳」。

實用會話

Ａ：すみません…
su.mi.ma.se.n.
不好意思…

Ｂ：はい。
ha.i.
是的。

Ａ：お皿をもう一枚ください。
o.sa.ra.o.mo.u.i.chi.ma.i.ku.da.sa.i.
請再給我一個盤子。

Ｂ：もう一枚ですね。少々お待ちください。
mo.u.i.chi.ma.i.de.su.ne./sho.u.sho.u.o.ma.chi.ku.da.sa.i.
在一個盤子是嘛？請稍等一下。

相關句型

お皿をもう一枚もらえますか？

o.sa.ra.o.mo.u.i.chi.ma.i.mo.ra.e.ma.su.ka.

可以再給我一個盤子嗎？

フォークをもう一本ください。

fo.o.ku.o.mo.u.i.ppo.n.ku.da.sa.i.

請再給我一支叉子。

相關單字

お箸
o.ha.shi.
筷子

フォーク
fo.o.ku.
叉子

ナイフ
na.i.fu.
刀子

スプーン
su.pu.u.n.
湯匙

お椀
o.wa.n.
碗

一個
i.kko.
一個

お会計をお願いします。

o.ka.i.ke.i.o.o.ne.ga.i.shi.ma.su.

麻煩幫我結帳。

說明

在餐廳用完餐或是購物完要結帳時，都可用這個句型來向店員表示。

實用會話

A：お会計をお願いします。
o.ka.i.ke.i.o.o.ne.ga.i.shi.ma.su.
麻煩幫我結帳。

B：はい、全部で千六百円になります。
ha.i./ze.n.bu.de.se.n.ro.ppya.ku.e.n.ni.na.ri.ma.su.
好的，總共是一千六百日圓。

A：カードでお願いします。
ka.a.do.de.o.ne.ga.i.shi.ma.su.
麻煩用刷卡的。

B：はい。
ha.i.
好的。

相關句型

お勘定をお願いします。
o.ka.n.jo.u.o.o.ne.ga.i.shi.ma.su.
麻煩幫我結帳。

サービス料が含まれていますか？
sa.a.bi.su.ryo.u.ga.fu.ku.ma.re.te.i.ma.su.ka.
有包含服務費嗎？

計算
ke.i.sa.n.
計算

サービス料
sa.a.bi.su.ryo.u.
服務費

レシート
re.shi.i.to.
收據

領収書
ryo.u.shu.u.sho.
收據

伝票
de.n.pyo.u.
單據

税金
ze.i.ki.n.
税金

予約したいんですが。

yo.ya.ku.shi.ta.i.n.de.su.ga.

我想要預約。

説明

　　想要預約餐廳、飯店等等的時候，都可以這個句型來表示。

實用會話

A：すみません、予約したいんですが…
su.mi.ma.se.n./yo.ya.ku.shi.ta.i.n.de.su.ga.
不好意思，我想要預約…

B：はい、いつですか？
ha.i./i.tsu.de.su.ka.
好的，請問甚麼時候？

A：明日の午後二時です。あと、二人でお願いします。
a.shi.ta.no.go.go.ni.ji.de.su./a.to./fu.ta.ri.de.o.ne.ga.i.shi.ma.su.
明天下午兩點，然後是兩個人。

B：はい、分かりました。
ha.i./wa.ka.ri.ma.shi.ta.
好的，我知道了。

相關句型

予約できますか？

yo.ya.ku.de.ki.ma.su.ka.

可以預約嗎？

<ruby>当店<rt>とうてん</rt></ruby>では<ruby>予約<rt>よやく</rt></ruby>は<ruby>受<rt>う</rt></ruby>け<ruby>付<rt>つ</rt></ruby>けていません。

to.u.te.n.de.wa.yo.ya.ku.wa.u.ke.tsu.ke.te.i.ma.se.n.

本店不接受預約。

（相關單字）

<ruby>今日<rt>きょう</rt></ruby>

kyo.u.

今天

<ruby>明日<rt>あした</rt></ruby>

a.shi.ta.

明天

<ruby>午前<rt>ごぜん</rt></ruby>

go.ze.n.

上午

<ruby>午後<rt>ごご</rt></ruby>

go.go.

下午

キャンセル

kya.n.se.ru.

取消

<ruby>連絡<rt>れんらく</rt></ruby>

re.n.ra.ku.

聯絡

どのくらい待<ruby>待<rt>ま</rt></ruby>ちますか？

do.no.ku.ra.i.ma.chi.ma.su.ka.

大約要等多久？

説明

　　「どのくらい」就是大約、多少的程度的意思。而詢問需要等多久就可以這樣表示。

實用會話

A：すみません、予約<ruby>予約<rt>よやく</rt></ruby>してないんですが、どのくらい待<ruby>待<rt>ま</rt></ruby>ちますか？

su.mi.ma.se.n./yo.ya.ku.shi.te.na.i.n.de.su.ga./do.no.ku.ra.i.ma.chi.ma.su.ka.

不好意思，我沒有預約。那大概要等多久？

B：今日<ruby>今日<rt>きょう</rt></ruby>はお客<ruby>客<rt>きゃく</rt></ruby>さんが多いので、大体三十<ruby>大体三十<rt>だいたいさんじゅう</rt></ruby>分<ruby>分<rt>ぷん</rt></ruby>くらいかかります。

kyo.u.wa.o.kya.ku.sa.n.ga.o.o.i.no.de./da.i.ta.i.sa.n.ju.ppu.n.ku.ra.i.ka.ka.ri.ma.su.

今天客人比較多，所以大概要等三十分鐘。

A：そうですか、分<ruby>分<rt>わ</rt></ruby>かりました。

so.u.de.su.ka./wa.ka.ri.ma.shi.ta.

這樣啊，我知道了。

相關句型

席<ruby>席<rt>せき</rt></ruby>は空<ruby>空<rt>あ</rt></ruby>いていますか？

se.ki.wa.a.i.te.i.ma.su.ka.

還有空位嗎？

もう満席です。

mo.u.ma.n.se.ki.de.su.

已經客滿了。

(相關單字)

予約

yo.ya.ku.

預約

時間

ji.ka.n.

時間

お客さん

o.kya.ku.sa.n.

客人

満席

ma.n.se.ki.

客滿

席

se.ki.

座位

空く

a.ku.

空

背包客

基本 要會的
日語 便利句

CHAPTER.06

看病篇

どうしたんですか？

do.u.shi.ta.n.de.su.ka.

怎麼了？

說明

　　看到對方似乎發生了甚麼事，而用來表示關切的問句。

實用會話

A：どうしたんですか？
do.u.shi.ta.n.de.su.ka.
你怎麼了？

B：ちょっとお腹が痛いです。
cho.tto.o.na.ka.ga.i.ta.i.de.su.
肚子有點痛。

A：大丈夫ですか？少し休んだほうがいいです。
da.i.jo.u.bu.de.su.ka./su.ko.shi.ya.su.n.da.ho.u.ga.i.i.de.su.
沒事吧？稍微休息一下比較好喔。

B：はい…
ha.i.
好…

相關句型

大丈夫ですか？

da.i.jo.u.bu.de.su.ka.

沒事吧？

どうしましたか？

do.u.shi.ma.shi.ta.ka.

怎麼了嗎？

からだ
体

ka.ra.da.

身體

ちょうし
調子

cho.u.shi.

狀況

げんき
元気

ge.n.ki.

健康

わる
悪い

wa.ru.i.

不好

けんこう
健康

ke.n.ko.u.

健康

くすり
薬

ku.su.ri.

藥

～が痛いです。

ga.i.ta.i.de.su.

～痛。

說明

可將疼痛的身體部位套入來表達自己的病狀。

實用會話

A：どうしましたか？

do.u.shi.ma.shi.ta.ka.

你怎麼了嗎？

B：頭 が痛いです…

a.ta.ma.ga.i.ta.i.de.su.

我頭痛…

A：大丈夫ですか？頭痛薬を持っていますか
ら、飲みますか？

da.i.jo.u.bu.de.su.ka./zu.tsu.u.ya.ku.o.mo.tte.i.ma.su.ka.
ra./no.mi.ma.su.ka.

沒事吧？我這裡有頭痛藥，你要吃嗎？

B：はい、ありがとうございます。

ha.i./a.ri.ga.to.u.go.za.i.ma.su.

好，謝謝。

相關句型

体 の調子が悪いです。

ka.ra.da.no.cho.u.shi.ga.wa.ru.i.de.su.

身體狀況不好。

頭痛がします。
zu.tsu.u.ga.shi.ma.su.

頭痛。

（相關單字）

怪我
ke.ga.

受傷

お腹
o.na.ka.

肚子

胃
i.

胃

手
te.

手

足
a.shi.

腳

腰
ko.shi.

腰

風邪を引いたみたいです。
ka.ze.o.hi.i.ta.mi.ta.i.de.su.

好像感冒了。

說明

「風邪を引く」是指感冒的意思，而覺得自己好像是感冒時，就可以這麼說。

實用會話

A：元気がないみたいですね。
ge.n.ki.ga.na.i.mi.ta.i.de.su.ne.
你看起來好像沒甚麼精神耶。

B：私、風邪を引いたみたいです。
wa.ta.shi./ka.ze.o.hi.i.ta.mi.ta.i.de.su.
我好像感冒了。

A：そうですか、早く病院に行ったほうがいいですよ。
so.u.de.su.ka./ha.ya.ku.byo.u.i.n.ni.i.tta.ho.u.ga.i.i.de.su.yo.
這樣啊，你快點去看醫生比較好喔。

B：分かりました。
wa.ka.ri.ma.shi.ta.
知道了。

相關句型

風邪を引かないように気をつけてください。

ka.ze.o.hi.ka.na.i.yo.u.ni.ki.o.tsu.ke.te.ku.da.sa.i.

注意可別感冒了。

風邪が治りました。
<ruby>風邪<rt>かぜ</rt></ruby>が<ruby>治<rt>なお</rt></ruby>りました。

ka.ze.ga.na.o.ri.ma.shi.ta.

治好感冒了。

[相關單字]

病気
びょうき

byo.u.ki.

生病

症　状
しょうじょう

sho.u.jo.u.

病狀

鼻水
はなみず

ha.na.mi.zu.

鼻水

熱
ねつ

ne.tsu.

發燒

咳
せき

se.ki.

咳嗽

くしゃみ

ku.sha.mi.

噴嚏

体の調子が悪いです。

ka.ra.da.no.cho.u.shi.ga.wa.ru.i.de.su.

身體的狀況不好。

說明

「調子」是有狀況、情況的意思，因此覺得身體的狀況不佳時就是這樣表示。

實用會話

A：どうして食べないんですか？
do.u.shi.te.ta.be.na.i.n.de.su.ka.
為什麼不吃呢？

B：ちょっと体の調子が悪くて…
cho.tto.ka.ra.da.no.cho.u.shi.ga.wa.ru.ku.te.
覺得身體的狀況有點不好。

A：大丈夫ですか？
da.i.jo.u.bu.de.su.ka.
你沒事吧？

B：ちょっと休みたいです。
cho.tto.ya.su.mi.ta.i.de.su.
我想要稍微休息一下。

相關句型

急に体調が悪くなりました。

kyu.u.ni.ta.i.cho.u.ga.wa.ru.ku.na.ri.ma.shi.ta.

身體狀況突然變差。

ゆっくり<ruby>休<rt>やす</rt></ruby>んでください。

yu.kku.ri.ya.su.n.de.ku.da.sa.i.

請好好休息。

<ruby>休 憩<rt>きゅうけい</rt></ruby>

kyu.u.ke.i.

休息

<ruby>食 欲<rt>しょくよく</rt></ruby>

sho.ku.yo.ku.

食慾

<ruby>眠<rt>ねむ</rt></ruby>い

ne.mu.i.

想睡的

だるい

da.ru.i.

疲倦的

<ruby>寝<rt>ね</rt></ruby>る

ne.ru.

睡覺

吐き気がします。

は　け

ha.ki.ke.ga.shi.ma.su.

想吐。

說明

「吐き気」就是噁心、作嘔等不舒服的感覺的意思。

實用會話

A：顔色が悪いですね。どうしたんですか？
かおいろ　わる

ka.o.i.ro.ga.wa.ru.i.de.su.ne./do.u.shi.ta.n.de.su.ka.

你臉色很差耶，怎麼了嗎？

B：さっき食べ過ぎて吐き気がします。
た　す　は　け

sa.kki.ta.be.su.gi.te.ha.ki.ke.ga.shi.ma.su.

剛剛吃太多了所以想吐。

A：大丈夫ですか？少し休んだほうがいいで
だいじょうぶ　　すこ　やす
すよ。

da.i.jo.u.bu.de.su.ka./su.ko.shi.ya.su.n.da.ho.u.ga.i.i.de.

su.yo.

你沒事吧？稍微休息一下比較好喔。

B：分かりました。
わ

wa.ka.ri.ma.shi.ta.

知道了。

相關句型

嘔吐します。
おうと

o.u.to.shi.ma.su.

嘔吐。

お腹の調子が悪いです。
o.na.ka.no.cho.u.shi.ga.wa.ru.i.de.su.
肚子的狀況不佳。

（相關單字）

吐く
ha.ku.
吐

下痢
ge.ri.
拉肚子

便秘
be.n.pi.
便秘

顔色
ka.o.i.ro.
臉色

むかつく
mu.ka.tsu.ku.
噁心

病気
byo.u.ki.
生病

怪我をしました。

ke.ga.o.shi.ma.shi.ta.

受傷了。

說明

「怪我をする」即所謂受傷之意。可用來廣泛指各種受傷。

實用會話

A：どうしましたか？
do.u.shi.ma.shi.ta.ka.
你怎麼了？

B：さっき転んで怪我をしました。
sa.kki.ko.ro.n.de.ke.ga.o.shi.ma.shi.ta.
剛才跌倒受傷了。

A：大丈夫ですか？
da.i.jo.u.bu.de.su.ka.
沒事吧？

B：まだ少し痛いです。
ma.da.su.ko.shi.i.ta.i.de.su.
還有點痛。

相關句型

怪我をしないように気をつけてください。
ke.ga.o.shi.na.i.yo.u.ni.ki.o.tsu.ke.te.ku.da.sa.i.
注意不要受傷了。

大した怪我ではありません。

ta.i.shi.ta.ke.ga.de.wa.a.ri.ma.se.n.

並不是甚麼大傷。

（相關單字）

血
chi.

血

捻挫
ne.n.za.

挫傷

腫れる
ha.re.ru.

腫

転ぶ
ko.ro.bu.

跌倒

ぶつかる
bu.tsu.ka.ru.

撞上

不注意
fu.chu.u.i.

不小心

Track
121

血が出ています。

ち　で

chi.ga.de.te.i.ma.su.

流血。

說明

　　流血的動詞是用「出る」這個字，而「出ている」就是現在進行式，指正在流血的意思。

實用會話

A：すみません、絆創膏はありますか？

ばんそうこう

su.mi.ma.se.n./ba.n.so.u.ko.u.wa.a.ri.ma.su.ka.

不好意思，你有 OK 繃嗎？

B：ありますよ。どうしたんですか？

a.ri.ma.su.yo./do.u.shi.ta.n.de.su.ka.

有的，怎麼了嗎？

A：さっき指を切って血が出てしまいました。

ゆび　き　ち　で

sa.kki.yu.bi.o.ki.tte.chi.ga.de.te.shi.ma.i.ma.shi.ta.

手指頭剛剛割傷所以流血了。

B：そうですか、早く貼ってください。

はや　は

so.u.de.su.ka./ha.ya.ku.ha.tte.ku.da.sa.i.

這樣啊，請趕快貼上 OK 繃。

相關句型

ち　と

血が止まらないです。

chi.ga.to.ra.ma.ra.i.de.su.

血流不止。

絆創膏（ばんそうこう）を貼（は）ります。
ba.n.so.u.ko.u.o.ha.ri.ma.su.

貼 OK 繃。

（相關單字）

怪我（けが）
ke.ga.

受傷

擦（す）り傷（きず）
su.ri.ki.zu.

擦傷

刺（さ）し傷（きず）
sa.shi.ki.zu.

刺傷

青（あお）あざ
a.o.a.za.

瘀血

絆創膏（ばんそうこう）
ba.n.so.u.ko.u.

OK 繃

包帯（ほうたい）
ho.u.ta.i.

繃帶

病院に行く。

byo.u.i.n.ni.i.ku.

去看醫生。

說明

「病院」即為醫院之意，故是去看醫生的意思。

實用會話

A：どうしたんですか？風邪を引いたんですか？

do.u.shi.ta.n.de.su.ka./ka.ze.o.hi.i.ta.n.de.su.ka.

怎麼了？感冒了嗎？

B：はい…体がだるいです。

ha.i./ka.ra.da.ga.da.ru.i.de.su.

嗯…覺得身體很疲倦。

A：病院に行ったほうがいいですよ。

byo.u.i.n.ni.i.tta.ho.u.ga.i.i.de.su.yo.

去看一下一生會比較好喔。

B：はい…後で行きます。

ha.i./a.to.de.i.ki.ma.su.

嗯…等下會去。

相關句型

病院に行きます。

byo.u.i.n.ni.i.ki.ma.su.

去醫院。

診療を受けます。
shi.n.ryo.u.o.u.ke.ma.su.
接受診療。

(相關單字)

医者
i.sha.
醫生

看護士
ka.n.go.shi.
護士

病院
byo.u.i.n.
醫院

診療
shi.n.ryo.u.
診療

予約
yo.ya.ku.
預約

病歴
byo.u.re.ki.
病歷

健康保険証をお持ちですか？

ke.n.ko.u.ho.ke.n.sho.u.o.o.mo.chi.de.su.ka.

有帶健保卡嗎？

説明

　　日本一樣有健保的制度，而通常外國人在沒有國民健保的狀況下看病的話，其費用會較高。

實用會話

A：健康保険証をお持ちですか？
ke.n.ko.u.ho.ke.n.sho.u.o.o.mo.chi.de.su.ka.
有帶健保卡嗎？

B：いいえ、外国人ですから、健康保険証を持っていません。
i.i.e./ga.i.ko.ku.ji.n.de.su.ka.ra./ke.n.ko.u.ho.ke.n.sho.u.o.mo.tte.i.ma.se.n.
沒有，因為我是外國人，所以沒有健保卡。

A：健康保険証をお持ちでないと、全額負担になりますよ。
ke.n.ko.u.ho.ke.n.sho.u.o.o.mo.chi.de.na.i.to./ze.n.ga.ku.fu.ta.n.ni.na.ri.ma.su.yo.
沒有健保卡的話，是自費看診喔。

B：はい、分かりました。

ha.i./wa.ka.ri.ma.shi.ta.

好的，我知道。

名前が呼ばれた時、診察室に入ってください。

na.ma.e.o.yo.ba.re.ta.to.ki./shi.n.sa.tsu.shi.tsu.ni.ha.i.tte.ku.da.sa.i.

叫到名字時，請進診察室。

待合室でお待ちください。

ma.chi.a.i.shi.tsu.de.o.ma.chi.ku.da.sa.i.

請到等候室等候。

受付

u.ke.tsu.ke.

櫃台

初診

sho.shi.n.

初診

費用

hi.yo.u.

費用

番号札

ba.n.go.u.fu.da.

掛號號碼牌

症状

sho.u.jo.u.

症狀

待合室

ma.chi.a.i.shi.tsu.

等候室

何科に掛かりたいですか？

na.ni.ka.ni.ka.ka.ri.ta.i.de.su.ka.

你想要掛哪一科？

說明

　　日文裡，掛門診的動詞是用「掛かる」來表示。

實用會話

A：診察を受けたいんですが…

shi.n.sa.tsu.o.u.ke.ta.i.n.de.su.ga.

我想要看診…

B：何科に掛かりたいですか？

na.ni.ka.ni.ka.ka.ri.ta.i.de.su.ka.

請問想要掛哪一科呢？

A：外科です。

ge.ka.de.su.

外科。

B：はい、分かりました。

ha.i./wa.ka.ri.ma.shi.ta.

好的，我知道了。

相關句型

健康保険証をお持ちですか？

ke.n.ko.u.ho.ke.n.sho.u.o.o.mo.chi.de.su.ka.

有帶健保卡嗎？

午前診療は満員となっております。

go.ze.n.shi.n.ryo.u.wa.ma.n.i.n.to.na.tte.o.ri.ma.su.

上午的門診已經掛滿了。

内科
<ruby>内<rt>ない</rt></ruby><ruby>科<rt>か</rt></ruby>

na.i.ka.

内科

外科
<ruby>外<rt>げ</rt></ruby><ruby>科<rt>か</rt></ruby>

ge.ka.

外科

歯科
<ruby>歯<rt>し</rt></ruby><ruby>科<rt>か</rt></ruby>

shi.ka.

牙科

小児科
<ruby>小<rt>しょう</rt></ruby><ruby>児<rt>に</rt></ruby><ruby>科<rt>か</rt></ruby>

sho.u.ni.ka.

小兒科

皮膚科
<ruby>皮<rt>ひ</rt></ruby><ruby>膚<rt>ふ</rt></ruby><ruby>科<rt>か</rt></ruby>

hi.fu.ka.

皮膚科

眼科
<ruby>眼<rt>がん</rt></ruby><ruby>科<rt>か</rt></ruby>

ga.n.ka.

眼科

横になってください。

yo.ko.ni.na.tte.ku.da.sa.i.

請躺下來。

說明

在醫院接受檢查時，有時候會要求病人躺下來，此時的句型就是這樣表示。

實用會話

A：今から検査しますので、そこのベッドに横になってください。

i.ma.ka.ra.ke.n.sa.shi.ma.su.no.de./so.ko.no.be.ddo.
ni.yo.ko.ni.na.tte.ku.da.sa.i.

現在開始要檢查，所以請躺在那邊的床上。

B：はい、これでいいですか？

ha.i./ko.re.de.i.i.de.su.ka.

好的，這樣可以嗎？

A：はい、暫くじっとしていてください。

ha.i./shi.ba.ra.ku.ji.tto.shi.te.i.te.ku.da.sa.i.

好，請保持安靜一下。

B：分かりました。

wa.ka.ri.ma.shi.ta.

我知道了。

相關句型

検査を受けます。

ke.n.sa.o.u.ke.ma.su.
接受檢查。

コートを脱いでください。
ko.o.to.o.nu.i.de.ku.da.sa.i.
請脫掉外套。

(相關單字)

立つ
ta.tsu.
站

座る
su.wa.ru.
座

寝る
ne.ru.
睡

ベッド
be.ddo.
床

椅子
i.su.
椅子

けつえきけんさ
血液検査をします。

ke.tsu.e.ki.ke.n.sa.o.shi.ma.su.

抽血檢查。

說明

　　去醫院看病時有時會需要驗血，而日文的抽血檢查就是這樣表示。

實用會話

　　　　　　　いま　　なに
A：すみません、今から何をしますか？

su.mi.ma.se.n./i.ma.ka.ra.na.ni.o.shi.ma.su.ka.

不好意思，現在要做甚麼？

　　あと　　けつえきけんさ
B：後で血液検査をしますので、そこの
まちあいしつ
待合室でお待ちください。

a.to.de.ke.tsu.e.ki.ke.n.sa.o.shi.ma.su.no.de./so.ko.
no.ma.chi.a.i.shi.tsu.de.o.ma.chi.ku.da.sa.i.

等下要抽血檢查，所以請先到那邊的等候室等待。

　　　　　　　わ
A：はい、分かりました。

ha.i./wa.ka.ri.ma.shi.ta.

好，我知道了。

相關句型

けつえきけんさ　　う
血液検査を受けます。

ke.tsu.e.ki.ke.n.sa.o.u.ke.ma.su.

接受驗血。

けっか　　　　　　わ
結果はいつ分かりますか？

ke.kka.wa.i.tsu.wa.ka.ri.ma.su.ka.
結果甚麼時候會知道？

相關單字

けつえき
血液
ke.tsu.e.ki.
血液

オーがた
Ｏ型
o.o.ga.ta.
Ｏ型

エーがた
Ａ型
e.e.ga.ta.
Ａ型

ビーがた
Ｂ型
bi.i.ga.ta.
Ｂ型

エービーがた
ＡＢ型
e.e.bi.i.ga.ta.
ＡＢ型

けんにょう
検尿
ke.n.nyo.u.
驗尿

体温を測ります。

ta.i.o.n.o.ha.ka.ri.ma.su.

量體溫。

說明

日文裡「測る」是測量意思。

實用會話

A：どうしましたか？
do.u.shi.ma.shi.ta.ka.
你怎麼了嗎？

B：頭が痛くて咳が止まらないです。
a.ta.ma.ga.i.ta.ku.te.se.ki.ga.to.ma.ra.na.i.de.su.
頭很痛還咳個不停。

A：風邪ですね。ちょっと体温を測りますよ。
ka.ze.de.su.ne./cho.tto.ta.i.o.n.o.ha.ka.ri.ma.su.yo.
你感冒了喔！現在來量一下體溫。

B：はい。
ha.i.
好。

相關句型

熱があります。
ne.tsu.ga.a.ri.ma.su.
有發燒。

熱はありません。

ne.tsu.wa.a.ri.ma.se.n.
沒有發燒。

たいおんけい
体温計
ta.i.o.n.ke.i.
體溫計

たいじゅうけい
体重計
ta.i.ju.u.ke.i.
體重計

しょうじょう
症状
sho.u.jo.u.
症狀

ねつ
熱
ne.tsu.
發燒

ちゅうしゃ
注射
chu.u.sha.
打針

げねつざい
解熱剤
ge.ne.tsu.za.i.
退燒藥

熱があります。

ne.tsu.ga.a.ri.ma.su.

發燒

說明

「熱」是熱、熱度的意思，也指生病的發燒之意。

實用會話

A：私、風邪を引きました。

wa.ta.shi./ka.ze.o.hi.ki.ma.shi.ta.

我感冒了。

B：体温を測りましたか？

ta.i.o.n.o.ha.ka.ri.ma.shi.ta.ka.

有量體溫了嗎？

A：測りました。三十五度くらいです。

ha.ka.ri.ma.shi.ta./sa.n.ju.u.go.do.ku.ra.i.de.su.

量了，三十五度左右。

B：それなら、熱はありませんね。

so.re.na.ra./ne.tsu.wa.a.ri.ma.se.n.ne.

這樣的話，沒有發燒呢。

相關句型

解熱剤をください。

ge.ne.tsu.za.i.o.ku.da.sa.i.

請給我退燒藥。

熱が下がりました。

ne.tsu.ga.sa.ga.ri.ma.shi.ta.
退燒了。

<ruby>病気<rt>びょうき</rt></ruby>
byo.u.ki.
生病

<ruby>鼻水<rt>はなみず</rt></ruby>
ha.na.mi.zu.
鼻水

<ruby>平熱<rt>へいねつ</rt></ruby>
he.i.ne.tsu.
正常體溫

<ruby>扁桃腺<rt>へんとうせん</rt></ruby>
he.n.to.u.se.n.
扁桃腺

<ruby>喉<rt>のど</rt></ruby>
no.do.
喉嚨

<ruby>腫れる<rt>は</rt></ruby>
ha.re.ru.
腫脹

この 薬 の飲み方は？

ko.no.ku.su.ri.no.no.mi.ka.ta.wa.

這個藥的服用發法是？

說明

　　日文中吃藥的動詞是用喝「飲む」這個字來表示，所以住意不要説錯了。

實用會話

A：すみません、この 薬 の飲み方は？
su.mi.ma.se.n./ko.no.ku.su.ri.no.no.mi.ka.ta.wa.
不好意思，這個藥的服用方法是？

B：一日三回です。食後に飲んでください。
i.chi.ni.chi.sa.n.ka.i.de.su./sho.ku.go.ni.no.n.de.ku.da.sa.i.
一天三次，飯後服用。

A：分かりました。ありがとうございます。
wa.ka.ri.ma.shi.ta./a.ri.ga.to.u.go.za.i.ma.su.
我知道了，謝謝。

B：どういたしまして。
do.u.i.ta.shi.ma.shi.te.
不客氣。

相關句型

薬 を買います。
ku.su.ri.o.ka.i.ma.su.

買藥。

処方箋<ruby>しょほうせん</ruby>をもらいます。

sho.ho.u.se.n.o.mo.ra.i.ma.su.

拿到處方箋。

相關單字

塗<ruby>ぬ</ruby>り薬<ruby>ぐすり</ruby>

nu.ri.gu.su.ri.

藥膏

目薬<ruby>めぐすり</ruby>

me.gu.su.ri.

眼藥水

粉薬<ruby>こなぐすり</ruby>

ko.na.gu.su.ri.

藥粉

水薬<ruby>すいやく</ruby>

su.i.ya.ku.

藥水

カプセル

ka.pu.se.ru.

膠囊

処方箋<ruby>しょほうせん</ruby>

sho.ho.u.se.n.

處方箋

どのくらいでよくなりますか？

do.no.ku.ra.i.de.yo.ku.na.ri.ma.su.ka.

多久會好？

說明

指用來詢問自己的病情需要多久才會好轉、治癒的意思。

實用會話

A：先生、私 はどのくらいでよくなりますか？

se.n.se.i./wa.ta.shi.wa.do.no.ku.ra.i.de.yo.ku.na.ri.
ma.su.ka.

醫生，我要多久才會痊癒？

B：ゆっくり休んだら、一週間くらいでよくなりますよ。

yu.kku.ri.ya.su.n.da.ra./i.sshu.u.ka.n.ku.ra.i.de.yo.ku.
na.ri.ma.su.yo.

好好休息的話，差不多一星期就會好了唷。

A：分かりました。

wa.ka.ri.ma.shi.ta.

我知道了。

相關句型

病気が治りました。
byo.u.ki.ga.na.o.ri.ma.shi.ta.
治好病了。

治療を受けます。
chi.ryo.u.o.u.ke.ma.su.
接受治療。

相關單字

患者
ka.n.ja.
患者

治す
na.o.su.
治療

治療
chi.ryo.u.
治療

入院
nyu.u.i.n.
住院

退院
ta.i.i.n.
出院

リハビリ
ri.ha.bi.ri.
復健

ゆっくり休んでください。

yu.kku.ri.ya.su.n.de.ku.da.sa.i.

請好好休息。

說明

日文的「ゆっくり」是有指慢慢、充分地的意思。

實用會話

A：酷い風邪を引きましたね。

hi.do.i.ka.ze.o.hi.ki.ma.shi.ta.ne.

患了很嚴重的感冒呢。

B：うん… 体 がだるいです。

u.n/ka.ra.da.ga.da.ru.i.de.su.

嗯…感覺身體很疲倦。

A：この二、三日ゆっくり休んでください。

ko.no.ni.sa.n.ni.chi.yu.kku.ri.ya.su.n.de.ku.da.sa.i.

這兩三天請好好地休息。

B：分かりました。

wa.ka.ri.ma.shi.ta.

知道了。

相關句型

ゆっくり寝てください、

yu.kku.ri.ne.te.ku.da.sa.i.

請好好地睡。

早く休んでください。

ha.ya.ku.ya.su.n.de.ku.da.sa.i.

ha.ya.ku.ya.su.n.de.ku.da.sa.i.
請早點休息。

相關單字

休 憩
<ruby>休憩<rt>きゅうけい</rt></ruby>
kyu.u.ke.i.
休息

<ruby>寝<rt>ね</rt></ruby>る
ne.ru.
睡

<ruby>静養<rt>せいよう</rt></ruby>
se.i.yo.u.
靜養

<ruby>疲<rt>つか</rt></ruby>れる
tsu.ka.re.ru.
疲累

<ruby>苦<rt>くる</rt></ruby>しい
ku.ru.shi.i.
難受的

救急車を呼んでいただけ ませんか？

kyu.u.kyu.u.sha.o.yo.n.de.i.ta.da.ke.
ma.se.n.ka.

可以幫我叫救護車嗎？

說明

為緊急狀況的用語，用來向旁人求救叫救護車時。

實用會話

A：どうしたんですか？
do.u.shi.ta.n.de.su.ka.
怎麼了嗎？

B：友達が怪我をしましたので、救急車を
呼んでいただけませんか？
to.mo.da.chi.ga.ke.ga.o.shi.ma.shi.ta.no.de./kyu.u.kyu.
u.sha.o.yo.n.de.i.ta.da.ke.ma.se.n.ka.
我朋友受傷了，可以幫我叫救護車嗎？

A：はい、分かりました。
ha.i./wa.ka.ri.ma.shi.ta.
好的，我知道了。

相關句型

医者を呼んでください。
i.sha.o.yo.n.de.ku.da.sa.i.

請幫我叫醫生。

怪我人がいるんです。

ke.ga.ni.n.ga.i.ru.n.de.su.

有受傷的人在。

（相關單字）

事故

ji.ko.

事故

緊急

ki.n.kyu.u.

緊急

担架

ta.n.ka.

擔架

入院

nyu.u.i.n.

住院

手術

shu.ju.tsu.

手術

手術が必要ですか？

しゅじゅつ　　ひつよう

shu.ju.tsu.ga.hi.tsu.yo.u.de.su.ka.

需要動手術嗎？

説明

　　日文裡「必要」是指需要、必須的意思，因此詢問需不需要甚麼時就可以套用此句型。

實用會話

A：先生、私は手術が必要ですか？

せんせい　わたし　しゅじゅつ　ひつよう

se.n.se.i./wa.ta.shi.wa.shu.ju.tsu.ga.hi.tsu.yo.u.de.su.ka.

醫生，我需要動手術嗎？

B：大した病気ではありませんから、手術は要りませんよ。

たい　　びょうき　　　　　　　　　　　　しゅじゅつ
い

ta.i.shi.ta.byo.u.ki.de.wa.a.ri.ma.se.n.ka.ra./shu.ju.tsu.

wa.i.ri.ma.se.n.yo.

並不是甚麼大病，所以不用手術。

A：そうですか、分かりました。

わ

so.u.de.su.ka./wa.ka.ri.ma.shi.ta.

這樣啊，我知道了。

相關句型

入院は必要ですか？

にゅういん　　ひつよう

nyu.u.i.n.wa.hi.tsu.yo.u.de.su.ka.

需要住院嗎？

手術を受けます。

しゅじゅつ　う

shu.ju.tsu.o.u.ke.ma.su.
接受手術。

相關單字

^{こっせつ}
骨折
ko.sse.tsu.
骨折

^{だっきゅう}
脱臼
da.kkyu.u.
脫臼

^{ちゅうしゃ}
注射
chu.u.sha.
打針

^{ますい}
麻酔
ma.su.i.
麻醉

^{つえ}
杖
tsu.e.
拐杖

^{くるまいす}
車椅子
ku.ru.ma.i.su.
輪椅

いつ退院できますか？

i.tsu.ta.i.i.n.de.ki.ma.su.ka.

甚麼時候可以出院？

說明

　　「いつ」就是指何時、甚麼時候的意思。而「できる」就是能夠、可以的意思。

實用會話

A：先生、私 はいつ退院できますか？
se.n.se.i./wa.ta.shi.wa.i.tsu.ta.i.i.n.de.ki.ma.su.ka.
醫生，我甚麼時候可以出院呢？

B：この調子なら、日曜日に退院できますよ。
ko.no.cho.u.shi.na.ra./ni.chi.yo.u.bi.ni.ta.i.i.n.de.ki.ma.
su.yo.
照這個狀況的話，星期天就可以出院了喔。

A：本当ですか？よかった！
ho.n.to.u.de.su.ka./yo.ka.tta.
真的嗎？太好了呢！

B：ええ、よかったですね。
e.e./yo.ka.tta.de.su.ne.
嗯，真是太好了呢。

相關句型

入院します。
nyu.u.i.n.shi.ma.su.

住院。

やっと退院しました。
ya.tto.ta.i.i.n.shi.ma.shi.ta.
終於出院了。

相關單字

入院
にゅういん
nyu.u.i.i.n.
住院

リハビリ
ri.ha.bi.ri.
復健

様子
ようす
yo.u.su.
情況

手術費用
しゅじゅつひよう
shu.ju.tsu.hi.yo.u.
手術費用

手続き
てつづ
te.tsu.zu.ki.
手續

申込書
もうしこみしょ
mo.u.shi.ko.mi.sho.
申請書

背包客

基本 要會的

日語 便利句

CHAPTER.07

綜合狀況篇

これは何ですか？

ko.re.wa.na.n.de.su.ka.

這個是甚麼？

說明

可以利用此句來詢問沒看過的東西的名稱及其用途。

實用會話

A：すみません、これは何ですか？
su.mi.ma.se.n./ko.re.wa.na.n.de.su.ka.

不好意思，請問這個是甚麼？

B：これは絵馬です。願い事を書くものです。
ko.re.wa.e.ma.de.su./ne.ga.i.go.to.o.ka.ku.mo.no.de.su.

這個是繪馬，是寫上自己的願望的東西。

A：なるほど、分かりました。
na.ru.ho.do./wa.ka.ri.ma.shi.ta.

原來如此，我知道了。

相關句型

この食べ物の名前は何ですか？
ko.no.ta.be.mo.no.no.no.na.ma.e.wa.na.n.de.su.ka.

這個食物叫甚麼名字？

このものの名前は何ですか？
ko.no.mo.no.no.na.ma.e.wa.na.n.de.su.ka.

這個東西的名字是甚麼？

使い方
tsu.ka.i.ka.ta.
使用方法

読み方
yo.mi.ka.ta.
念法

説明
se.tsu.me.i.
説明

名物
me.i.bu.tsu.
名産

お土産
o.mi.ya.ge.
伴手禮

トイレはどこですか？

to.i.re.wa.do.ko.de.su.ka.

廁所在哪裡？

說明

　　想要詢問～在哪裡時，可以用「～はどこですか？」來表示。

實用會話

A：すみません、トイレはどこですか？
su.mi.ma.se.n./to.i.re.wa.do.ko.de.su.ka.
不好意思，請問廁所在哪裡？

B：カウンターの右です。
ka.u.n.ta.a.no.mi.gi.de.su.
在櫃台的右邊。

A：分かりました。
wa.ka.ri.ma.shi.ta.
我明白了。

相關句型

ちょっとトイレに行ってきます。
cho.tto.to.i.re.ni.i.tte.ki.ma.su.
稍微去一下廁所。

トイレに行きたいです。
to.i.re.ni.i.ki.ta.i.de.su.
想要上廁所。

駅
え.き
e.ki.

車站

銀行
ぎ.ん.こ.う
gi.n.ko.u.

銀行

郵便局
ゆ.う.び.ん.きょ.く
yu.u.bi.n.kyo.ku.

郵局

コンビニ
ko.n.bi.ni.

便利商店

スーパー
su.u.pa.a.

超市

本屋さん
ほ.ん.や
ho.n.ya.sa.n.

書店

台湾元を日本円に両替してください。

ta.i.wa.n.ge.n.o.ni.ho.n.e.n.ni.ryo.

u.ga.e.shi.te.ku.da.sa.i.

麻煩將台幣兌換成日幣。

(説明)

日文中的「両替」就是兌換貨幣的意思。

(實用會話)

A：すみません、この台湾元を日本円に両替してください。

su.mi.ma.se.n./ko.no.ta.i.wa.n.ge.n.o.ni.ho.n.e.n.ni.ryo.

u.ga.e.shi.te.ku.da.sa.i.

不好意思，麻煩把這台幣換成日幣。

B：はい、全部で三万元ですね。

ha.i. /ze.n.bu.de.sa.n.ma.n.ge.n.de.su.ne.

好的，總共是三萬元對吧？

A：はい。

ha.i.

對的。

B：分かりました。少々お待ちください。

wa.ka.ri.ma.shi.ta./sho.u.sho.u.o.ma.chi.ku.da.sa.i.

我知道了，請稍等一下。

手数料はいくらですか？

te.su.u.ryo.u.wa.i.ku.ra.de.su.ka.

手續費要多少錢？

細かいのに両替してください。

ko.ma.ka.i.no.ni.ryo.u.ga.e.shi.te.ku.da.sa.i.

請換成小鈔。

相關單字

銀行

gi.n.ko.u.

銀行

銀行員

gi.n.ko.u.i.n.

銀行櫃員

手数料

te.su.u.ryo.u.

手續費

為替レート

ka.wa.se.re.e.to.

匯率

外貨

ga.i.ka.

外幣

紙幣

shi.he.i.

紙鈔

写真を撮ってもらえませんか？

sha.shi.n.o.to.tte.mo.ra.e.ma.se.n.ka.

可以請你幫我拍張照嗎？

說明

「写真を撮る」是拍照的意思。而在旅遊時，詢問他人是否可以幫自己拍照時，可以用此句來表達。

實用會話

A：すみません、写真を撮ってもらえませんか？

su.mi.ma.se.n./sha.shi.n.o.to.tte.mo.ra.e.ma.se.n.ka.

不好意思，可以幫我拍張照嗎？

B：いいですよ。はい、チーズ。

i.i.de.su.yo./ha.i./chi.i.zu.

沒問題。來，笑一個。

A：ありがとうございました。

a.ri.ga.to.u.go.za.i.ma.shi.ta.

謝謝你。

B：どういたしまして。

do.u.i.ta.shi.ma.shi.te.

不客氣。

相關句型

写真を撮っていただけないでしょうか？
sha.shi.n.o.tte.i.ta.da.ke.na.i.de.sho.u.ka.
是否可以請您幫忙拍張照嗎？（較禮貌説法）

写真を撮ってもらっていいですか？
sha.shi.n.o.tte.mo.ra.tte.i.i.de.su.ka.
可以幫忙拍張照片嗎？

（相關單字）

カメラ
ka.me.ra.
相機

デジタルカメラ
de.ji.ta.ru.ka.me.ra.
數位相機

写真
sha.shi.n.
照片

フィルム
fi.ru.mu.
底片

携帯電話
ke.i.ta.i.de.n.wa.
手機

スマートフォン
su.ma.a.to.fo.n.
智慧型手機

ここは写真が取れますか？

ko.ko.wa.sha.shi.n.ga.to.re.ma.su.ka.

這裡可以拍照嗎？

說明

到美術館或是其他店內等想要拍照紀念時，最好先用此句詢問工作人員是否可以拍照以示禮貌。

實用會話

A：すみませんが、ここは写真が取れますか？

su.mi.ma.se.n.ga./ko.ko.wa.sha.shi.n.ga.to.re.ma.su.ka.

不好意思，請問這裡可以拍照嗎？

B：ここは写真が取れますよ。

ko.ko.wa.sha.shi.n.ga.to.re.ma.su.yo.

這裡可以拍照喔。

A：分かりました。

wa.ka.ri.ma.shi.ta.

我明白了。

相關句型

ここは写真撮影禁止です。

ko.ko.wa.sha.shi.n.sa.tsu.e.i.ki.n.shi.de.su.

這裡禁止拍照攝影。

館内は写真禁止です。

ka.n.na.i.wa.sha.shi.n.ki.n.shi.de.su.

館內禁止拍照。

相關單字

ルール
ru.u.ru.
規定

さつえい
撮影
sa.tsu.e.i.
攝影、拍照

ビデオ
bi.de.o.
影像、錄影

フラッシュ
fu.ra.sshu.
閃光

いんしょくきんし
飲食禁止
i.n.sho.ku.ki.n.shi.
禁止飲食

つうわきんし
通話禁止
tsu.u.wa.ki.n.shi.
禁止通話

私 の〜がなくなりました。

wa.ta.shi.no./ga.na.ku.na.ri.ma.shi.ta.

我的〜不見了。

說明

旅遊時，發現自己的東西不見時等緊急狀況，就以此句向工作人員或他人求救。

實用會話

A：すみません、私 の財布がなくなりました！

su.mi.ma.se.n./wa.ta.shi.no.sa.i.fu.ga.na.ku.na.ri.ma.shi.ta.

不好意思，我的錢包不見了！

B：どこでなくしたのか分かりますか？

do.ko.de.na.ku.shi.ta.no.ka.wa.ka.ri.ma.su.ka.

請問知道是在哪裡弄丟的嗎？

A：二階のレストランです。

ni.ka.i.no.re.su.to.ra.n.de.su.

在二樓的餐廳。

B：分かりました。係 員に連絡しますので、少 々お待ちください。

wa.ka.ri.ma.shi.ta./ka.ka.ri.i.n.ni.re.n.ra.ku.shi.ma.su. no.de./sho.u.sho.u.o.ma.chi.ku.da.sa.i.

我明白了。請稍等一下，我聯絡一下相關人員。

私 の財布が見つかりません。
<ruby>私<rt>わたし</rt></ruby> の<ruby>財布<rt>さいふ</rt></ruby>が<ruby>見<rt>み</rt></ruby>つかりません。
wa.ta.shi.no.sa.i.fu.ga.mi.tsu.ka.ri.ma.se.n.

我找不到我的錢包。

財布がなくなって困っています。
<ruby>財布<rt>さいふ</rt></ruby>がなくなって<ruby>困<rt>こま</rt></ruby>っています。
sa.i.fu.ga.na.ku.na.tte.ko.ma.tte.i.ma.su.

錢包不見了我現在非常困擾。

カバン
ka.ba.n.

包包

荷物
<ruby>荷物<rt>にもつ</rt></ruby>
ni.mo.tsu.

行李

携帯電話
<ruby>携帯電話<rt>けいたいでんわ</rt></ruby>
ke.i.ta.i.de.n.wa.

手機

鍵
<ruby>鍵<rt>かぎ</rt></ruby>
ka.gi.

鑰匙

パスポート
pa.su.po.o.to.

護照

クレジットカード
ku.re.ji.tto.ka.a.do.

信用卡

道に迷ってしまいました。

mi.chi.ni.ma.yo.tte.shi.ma.i.ma.shi.ta.

迷路了。

說明

　　日文「迷う」有迷失方向的意思，而迷路就用「道に迷う」來表示。

實用會話

A：すみません、私 は道に迷ってしまいました。上野駅はどこですか？

su.mi.ma.se.n/wa.ta.shi.wa.mi.chi.ni.ma.yo.tte.shi.ma.i.ma.shi.ta./u.e.no.e.ki.wa.do.ko.de.su.ka.

不好意思我迷路了，請問上野車站在哪裡呢？

B：上野駅ですね。あの方向ですよ。

u.e.no.e.ki.de.su.ne./ a.no.ho.u.ko.u.de.su.yo.

上野車站嗎？在那個方向喔。

A：分かりました。ありがとうございます。

wa.ka.ri.ma.shi.ta./a.ri.ga.to.u.go.za.i.ma.su.

我知道了，謝謝。

B：どういたしまして。

do.u.i.ta.shi.ma.shi.te.

不客氣。

相關句型

駅へはどう行ったらいいですか？

e.ki.e.wa.do.u.i.tta.ra.i.i.de.su.ka.

車站要怎麼去才好呢？

ここはどこですか？

ko.ko.wa.do.ko.de.su.ka.

這裡是哪裡？

迷子（まいご）

ma.i.go.

迷路的孩子

地図（ちず）

chi.zu.

地圖

信号（しんごう）

shi.n.go.u.

紅綠燈

交番（こうばん）

ko.u.ba.n.

警察局

横断歩道（おうだんほどう）

o.u.da.n.ho.do.u.

斑馬線

歩道橋（ほどうきょう）

ho.do.u.kyo.u.

天橋

ここは地図のどこですか？

ko.ko.wa.chi.zu.no.do.ko.de.su.ka.

這裡是地圖上的哪裡？

說明

　　有帶地圖卻搞不清楚自己所在的方位時，就可以利用此句型向路人詢問。

實用會話

A：すみません、ここは地図のどこですか？
su.mi.ma.se.n./ko.ko.wa.chi.zu.no.do.ko.de.su.ka.
不好意思，這裡是地圖上的哪裡？

B：えーと、ちょっと地図を見せてください。
e.e.to./cho.tto.chi.zu.o.mi.se.te.ku.da.sa.i.
嗯…借我看一下地圖。

A：はい。
ha.i.
好的。

B：今はここですよ。
i.ma.wa.ko.ko.de.su.yo.
現在在這裡唷。

相關句型

ここはどこですか？
ko.ko.wa.do.ko.de.su.ka.
這裡是哪裡？

私 たちはどこにいますか？
<ruby>私<rt>わたし</rt></ruby>
wa.ta.shi.ta.chi.wa.do.ko.ni.i.ma.su.ka.

我們在哪裡？

相關單字

道
<ruby>道<rt>みち</rt></ruby>
mi.chi.

道路

町
<ruby>町<rt>まち</rt></ruby>
ma.chi.

城鎮

建築物
<ruby>建築物<rt>けんちくぶつ</rt></ruby>
ke.n.chi.ku.bu.tsu.

建築物

店
<ruby>店<rt>みせ</rt></ruby>
mi.se.

店家

右
<ruby>右<rt>みぎ</rt></ruby>
mi.gi.

右邊

左
<ruby>左<rt>ひだり</rt></ruby>
hi.da.ri.

左邊

ここの名物は何ですか？

ko.ko.no.me.i.bu.tsu.wa.na.n.de.su.ka.

這裡有名的東西是甚麼？

說明

「名產」是指特產、名產的意思。如果當不知道要買甚麼伴手禮好時，就可以用此句型來詢問推薦品。

實用會話

A：お土産を買いたいですが、ここの名物は何ですか？

o.mi.ya.ge.o.ka.i.ta.i.de.su.ga./ko.ko.no.me.i.bu.tsu.wa.na.n.de.su.ka.

我想要買伴手禮，請問這裡有名的東西是甚麼？

B：ここの名物はこれです。白の恋人ですよ。

ko.ko.no.me.i.bu.tsu.wa.ko.re.de.su./shi.ro.no.ko.i.bi.to.de.su.yo.

這裡的特產是這個，白色戀人巧克力唷。

A：そうですか、分かりました。

so.u.de.su.ka./wa.ka.ri.ma.shi.ta.

這樣啊，我知道了。

相關句型

一番有名なものは何ですか？

i.chi.ba.n.yu.u.me.i.na.mo.no.wa.na.n.de.su.ka.

這裡最有名的是甚麼東西？

お土産としてお勧めのものはありますか？
o.mi.ya.ge.to.shi.te.o.su.su.me.no.mo.no.wa.a.ri.ma.su.
ka.

有推薦甚麼當做伴手禮的嗎？

お土産
o.mi.ya.ge.

伴手禮

名産
me.i.sa.n.

名産

特別
to.ku.be.tsu.

特別

有名
yu.u.me.i.

有名

人気
ni.n.ki.

人氣、受歡迎

記念
ki.ne.n.

紀念

國家圖書館出版品預行編目資料

背包客基本要會的日語便利句 / 雅典日研所 編著.
-- 初版. -- 新北市：雅典文化，民103.04
面；　公分. --（全民學日語；30）
ISBN 978-986-5753-08-5（平裝附光碟片）

1. 日語 2. 自助旅行 3. 會話

803.188　　　　　　　　　　　　　103002346

全民學日語系列　**30**

背包客基本要會的日語便利句

編著／雅典日研所
責編／張琇穎
美術編輯／林子凌
封面設計／劉逸芹

法律顧問：方圓法律事務所／涂成樞律師

總經銷：永續圖書有限公司
永續圖書線上購物網
www.foreverbooks.com.tw

CVS代理／美璟文化有限公司
TEL：（02）2723-9968
FAX：（02）2723-9668

出版日／2014年04月

雅典文化

出版社

22103　新北市汐止區大同路三段194號9樓之1
TEL　（02）8647-3663
FAX　（02）8647-3660

背包客基本要會的日語便利句

雅致風靡　典藏文化

親愛的顧客您好，感謝您購買這本書。

為了提供您更好的服務品質，煩請填寫下列回函資料，您的支持
是我們最大的動力。

您可以選擇傳真、掃描或用本公司準備的免郵回函寄回，謝謝。

姓名：	性別：	□男	□女

出生日期：　　年　　月　　日	電話：

學歷：	職業：	□男	□女

E-mail：

地址：□□□

從何得知本書消息：□逛書店 □朋友推薦 □DM廣告 □網路雜誌

購買本書動機：□封面 □書名 □排版 □內容 □價格便宜

你對本書的意見：
內容：□滿意□尚可□待改進　　編輯：□滿意□尚可□待改進
封面：□滿意□尚可□待改進　　定價：□滿意□尚可□待改進

其他建議：

總經銷：永續圖書有限公司

永續圖書線上購物網
www.foreverbooks.com.tw

您可以使用以下方式將回函寄回。

您的回覆，是我們進步的最大動力，謝謝。

① 使用本公司準備的免郵回函寄回。

② 傳真電話：（02）8647-3660

③ 掃描圖檔寄到電子信箱：

yungjiuh@ms45.hinet.net

沿此線對折後寄回，謝謝。

2 2 1 - 0 3

 雅典文化事業有限公司　收

新北市汐止區大同路三段194號9樓之1

雅致風靡　典藏文化